Weihnachten mit Johann Wolfgang Goethe

Herausgegeben von
Ulrike-Christine Sander und
Matthias Siedenschnur-Sander

Fischer Taschenbuch Verlag

2. Auflage: Oktober 2011

Veröffentlicht im Fischer Taschenbuch Verlag,
einem Unternehmen der S. Fischer Verlag GmbH,
Frankfurt am Main, Oktober 2009

Satz: Dörlemann Satz, Lemförde
Druck und Bindung: CPI – Clausen & Bosse, Leck
Printed in Germany
ISBN 978-3-596-90217-0

Unsere Adressen im Internet:
www.fischerverlage.de
www.fischer-klassik.de

Inhalt

Gedichte zur Weihnachtszeit

Das Puppentheater

Werthers Weihnacht

Winterfreuden

Weihnachten in Italien

Die Heilige Familie

Fest und Alltag – Aus den Tagebüchern

Ein unerwünschter Weihnachtsbesuch

Briefe, Späße und Geschenke

Und so erreichen wir wieder Weihnachten
und Neujahr, dem alten Schlendrian
des Kalenders nach, aber, wie mir dünken will,
mit immer gleich neuen und frischen
Freundesgesinnungen, die denn doch zuletzt
allein das Leben aufrecht erhalten und fördern.

Gedichte zur Weihnachtszeit

Weihnachten

Bäume leuchtend, Bäume blendend,
Überall das Süße spendend,
In dem Glanze sich bewegend,
Alt- und junges Herz erregend –
Solch ein Fest ist uns bescheret,
Mancher Gaben Schmuck verehret;
Staunend schaun wir auf und nieder,
Hin und her und immer wieder.

Aber, Fürst, wenn dir's begegnet,
Und ein Abend so dich segnet,
Daß als Lichter, daß als Flammen
Vor dir glänzten allzusammen
Alles, was du ausgerichtet,
Alle, die sich dir verpflichtet:
Mit erhöhten Geistesblicken
Fühltest herrliches Entzücken.

Christgeschenk

Mein süßes Liebchen! Hier in Schachtelwänden
Gar mannigfalt geformte Süßigkeiten.
Die Früchte sind es heil'ger Weihnachtszeiten,
Gebackne nur, den Kindern auszuspenden!

Dir möcht' ich dann mit süßem Redewenden
Poetisch Zuckerbrot zum Fest bereiten;
Allein was soll's mit solchen Eitelkeiten?
Weg den Versuch, mit Schmeichelei zu blenden!

Doch gibt es noch ein Süßes, das vom Innern
Zum Innern spricht, genießbar in der Ferne,
Das kann nur bis zu dir hinüberwehen.

Und fühlst du dann ein freundliches Erinnern,
Als blinkten froh dir wohlbekannte Sterne,
Wirst du die kleinste Gabe nicht verschmähen.

»Gegen soviel schöne Dinge …«

Gegen soviel schöne Dinge
Weis ich nicht was ich dir bringe.
Späne, die sich leicht entzünden.
Licht, in dunckler Nacht zu finden;
Becher, die den Wein verbessern.
Feinde von gefüllten Fässern;
Süßigkeit auf Süßigkeiten!
Alles kann nur Glück bedeuten,
Welches all, im nächsten Jahre,
Holde Geberinn, erfahre.

Weimar d. 26. Dez. 1814 J W v Goethe

An Frau v. Stein
zu ihrem Geburtstag am 25. Dezember 1815

Daß du zugleich mit dem heil'gen Christ
An diesem Tage geboren bist,
Und August auch, der werte, schlanke,
Dafür ich Gott im Herzen danke.
Dies gibt in tiefer Winterszeit
Erwünschteste Gelegenheit,
Mit einigem Zucker dich zu grüßen,
Abwesenheit mir zu versüßen,
Der ich, wie sonst, in Sonnenferne
Im stillen liebe, leide, lerne.

Epiphanias

Die heil'gen drei König' mit ihrem Stern,
Sie essen, sie trinken, und bezahlen nicht gern;
Sie essen gern, sie trinken gern,
Sie essen, trinken, und bezahlen nicht gern.

Die heil'gen drei König' sind kommen allhier,
Es sind ihrer drei und sind nicht ihrer vier;
Und wenn zu dreien der vierte wär',
So wär' ein heil'ger drei König mehr.

Ich erster bin der weiß' und auch der schön',
Bei Tage solltet ihr erst mich sehn!
Doch ach, mit allen Spezerein
Werd' ich sein Tag kein Mädchen mir erfrein.

Ich aber bin der braun' und bin der lang',
Bekannt bei Weibern wohl und bei Gesang.
Ich bringe Gold statt Spezerein,
Da werd' ich überall willkommen sein.

Ich endlich bin der schwarz' und bin der klein'
Und mag auch wohl einmal recht lustig sein.
Ich esse gern, ich trinke gern,
Ich esse, trinke und bedanke mich gern.

Die heil'gen drei König' sind wohlgesinnt,
Sie suchen die Mutter und das Kind;
Der Joseph fromm sitzt auch dabei,
Der Ochs und Esel liegen auf der Streu.

Wir bringen Myrrhen, wir bringen Gold,
Dem Weihrauch sind die Damen hold;
Und haben wir Wein von gutem Gewächs,
So trinken wir drei so gut als ihrer sechs.

Da wir nun hier schöne Herrn und Fraun,
Aber keine Ochsen und Esel schaun,
So sind wir nicht am rechten Ort
Und ziehen unseres Weges weiter fort.

Catharina Elisabeth Goethe an Luise von Göchhausen

Geliebtes Freulein!
Die Mode es ist,
Daß frommen Kindern der heilige Christ
Wann sie das Jahr hübsch brav gewesen,
manch schöne Gabe hat auserlesen.
Torten, Rosinen, Gärten mit Lichtern,
Herrn und Dammen mit höltzern Gesichtern,
Äpffel und Birn, Geigen, u Flöten,
Zuckerwerck, Ruthen, Mandlen, Pasteten
Reuter mit Pferden, gut ausstaffirt
nachdem ein jedes sich aufgeführt.
Da nun Frau Aja wohlgemuth –
Den alten Gebräuchen ist hertzlich gut
und Freulein Thusnelda in diesem Jahr
gantz auserordtenlich artig war
So schickt sie hir ein Bildnüß fein,
Das Ihnen wohl mögte kentlich seyn;
und bittet es zum Angedencken,
An Ihren Schwannen Hals zu hencken.
Dadurch ihm dann große Ehre geschicht
s ists aber auch drauf eingericht!
Eitel Gold von vornen von hinten,
Das müßen Sie freylich treflich finden.
Dafür verlang ich ohn Ihr beschweren
Daß Sie mir eine Bitte gewähren.
Mit Ihnen mein Freulein zu discuriren
thu ich oft großen Lusten verspühren
Doch ist der Weg verteufelt weit
Zum Reißen ists jetz garstige Zeit
Drum thu ich Ihnen zu Gemüthe führen,
mit meinem Gesicht eins zu parliren

Antworten wirds Ihnen freylich nie
Allein wer läugnet wohl Simpatie!
Da wird sich mein Hertzlein vor Freude bewegen
Daß mein Gedächnüß blüht im Seegen
Bey Menschen die Bieder, gut und treu,
Voll warmer Freundschafft ohn Heucheley
Den heut zu Tag sind Freundschafftthaten
so rahr wie unbeschnittne Ducaten –
Doch ist Frau Aja auserkohrn
in einem guten Zeichen gebohrn
kent brave Leute deß ist sie froh,
und singt In dulci Jubilo.
Auch freut sie sich Hertzinniglich
Daß sie kan unterschreiben sich
Dero wahre Freund und Dienerin,
Die ich gewiß von Hertzen bin.

C. E. Goethe.

Das Puppentheather

Das Vermächtnis der Großmutter

Gewöhnlich hielten wir uns in allen unsern Freistunden zur Großmutter, in deren geräumigem Wohnzimmer wir hinlänglich Platz zu unsern Spielen fanden. Sie wußte uns mit allerlei Kleinigkeiten zu beschäftigen, und mit allerlei guten Bissen zu erquicken. An einem Weihnachtsabende jedoch setzte sie allen ihren Wohltaten die Krone auf, indem sie uns ein Puppenspiel vorstellen ließ, und so in dem alten Hause eine neue Welt erschuf. Dieses unerwartete Schauspiel zog die jungen Gemüter mit Gewalt an sich; besonders auf den Knaben machte es einen sehr starken Eindruck, der in eine große langdauernde Wirkung nachklang.

Die kleine Bühne mit ihrem stummen Personal, die man uns anfangs nur vorgezeigt hatte, nachher aber zu eigner Übung und dramatischer Belebung übergab, mußte uns Kindern um so viel werter sein, als es das letzte Vermächtnis unserer guten Großmutter war, die bald darauf durch zunehmende Krankheit unsern Augen erst entzogen, und dann für immer durch den Tod entrissen wurde. Ihr Abscheiden war für die Familie von desto größerer Bedeutung, als es eine völlige Veränderung in dem Zustande derselben nach sich zog.

[...]

Man hielt uns Kinder mehr als bisher zu Hause, und suchte uns auf mancherlei Weise zu beschäftigen und zu unterhalten. Zu solchem Ende hatte man das von der Großmutter hinterlassene Puppenspiel wieder aufgestellt, und zwar dergestalt eingerichtet, daß die Zuschauer in meinem Giebelzimmer sitzen, die spielenden und dirigierenden Personen aber, so wie das Theater selbst vom Proszenium an, in einem Nebenzimmer Platz und Raum fanden. Durch die besondere Vergünstigung, bald diesen bald jenen Knaben als Zuschauer einzulassen, erwarb ich mir anfangs viele Freunde; allein die Unruhe, die in den Kindern steckt, ließ sie nicht lange geduldige Zuschauer bleiben. Sie störten das Spiel, und wir mußten uns ein jüngeres Publikum aussuchen, das noch allenfalls durch Ammen und Mägde in der Ordnung gehalten werden konnte. Wir hatten das ursprüngliche Hauptdrama, worauf die Puppengesellschaft eigentlich eingerichtet war, auswendig gelernt, und führten es anfangs auch ausschließlich auf; allein dies ermüdete uns bald, wir veränderten die Garderobe, die Dekorationen und wagten uns an verschiedene Stücke, die freilich für einen so kleinen Schauplatz zu weitläuftig waren. Ob wir uns nun gleich durch diese Anmaßung dasjenige, was wir wirklich hätten leisten können, verkümmerten und zuletzt gar zerstörten, so hat doch diese kindliche Unterhaltung und Beschäftigung auf sehr mannigfaltige Weise bei mir das Erfindungs- und Darstellungsvermögen, die Einbildungskraft und eine gewisse Technik geübt und befördert, wie es vielleicht auf keinem andern Wege in so kurzer Zeit, in einem so engen Raume, mit so wenigem Aufwand hätte geschehen können.

»Voller Hoffnungen, Drang und Ahndung«

Es war einige Tage vor dem Christabend 174–, als Benedikt Meister, Bürger und Handelsmann zu M –, einer mittleren Reichsstadt, aus seinem gewöhnlichen Kränzchen abends gegen achte nach Hause ging. Es hatte sich wider die Gewohnheit die Tarockpartie früher geendigt, und es war ihm nicht ganz gelegen, daß er so zeitlich in seine vier Wände zurückkehren sollte, die ihm seine Frau eben nicht zum Paradiese machte. Es war noch Zeit bis zum Nachtessen, und so einen Zwischenraum pflegte sie ihm nicht mit Annehmlichkeiten auszufüllen, deswegen er lieber nicht ehe zu Tische kam, als wenn die Suppe schon etwas überkocht hatte.

Er ging langsam und dachte so dem Bürgermeisteramte nach, das er das letzte Jahr geführt hatte, und dem Handel und den kleinen Vorteilen, als er eben im Vorbeigehen seiner Mutter Fenster sehr emsig erleuchtet sah. Das alte Weib lebte, nachdem sie ihren Sohn ausgestattet und ihm ihre Handlung übergeben hatte, in einem kleinen Häuschen zurückgezogen, wo sie nun vor sich allein mit einer Magd bei ihren reichlichen Renten sich wohl befand, ihren Kindern und Enkeln mitunter was zu Gute tat, ihnen aber das Beste bis nach ihrem Tode aufhub, wo sie hoffte, daß sie gescheuter sein sollten, als sie bei ihrem Leben nicht hatte sehen können. Meister war durch einen geheimen Zug nach dem Hause geführt, da ihm, als er angepocht hatte, die Magd hastig und geheimnisvoll die Türe öffnete und ihn zur Treppe hinauf begleitete. Er fand, als er zur Stubentüre hineintrat, seine Mutter an einem großen Tische mit Wegräumen und Zudecken beschäftigt, die ihm auf seinen »Guten Abend« mit einem »Du kommst mir nicht ganz gelegen« antwortete. »Weil du nun einmal da bist, so magst du's wissen, da sieh, was ich zurecht mache,« sagte sie und hob die Servietten auf, die übers Bett geschlagen waren und tat zugleich einen Pelzmantel weg, den sie in der Eile übern Tisch gebreitet hatte, da nun denn der Mann eine Anzahl spannenlanger, artig gekleideter Puppen erblickte, die in schöner Ordnung, die beweglichen Drähte an den Köpfen befestigt, nebeneinanderlagen und nur den Geist zu erwarten schienen, der sie aus ihrer Untätigkeit regen sollte. »Was gibt denn das, Mutter?« sagte Meister. – »Einen heiligen Christ vor deine Kinder!« antwortete die Alte. »Wenn's ihnen so viel Spaß macht als mir, eh' ich sie fertig kriegte, soll mir's lieb sein.« Er besah's eine Zeitlang, wie es schien, sorgfältig, um ihr nicht gleich den Verdruß zu machen, als hielte er ihre Arbeit vergeblich. »Liebe Mutter«, sagte er endlich, »Kinder sind Kinder, Sie macht sich zu viel zu schaffen, und am Ende seh' ich nicht, was es nutzen soll.« – »Sei nur stille«, sagte die Alte, indem sie die Kleider der Puppen, die sich etwas verschoben hatten, zurechtrückte, »laß es nur gut sein, sie werden eine rechte Freude haben, es ist so hergebracht bei mir, und das weißt du auch, und ich lasse nicht davon; wie ihr klein wart, wart ihr immer drin vergackelt und trugt euch mit euern Spiel- und Naschsachen herum die ganzen Feiertage; euere Kinder sollen's nun auch so wohl haben, ich bin Großmutter und weiß, was ich zu tun habe.« – »Ich will Ihr's nicht verderben«, sagte Meister, »ich denke nur, was soll den Kindern, daß man's ihnen heut oder morgen gibt; wenn sie was brauchen, so geb' ich's ihnen, was braucht's da heiliger Christ zu? Da sind Leute, die lassen ihre Kinder verlumpen und sparen's bis auf den Tag.« – »Benedikt«, sagte die Alte, »ich habe ihnen Puppen geputzt und habe ihnen eine Komödie zurechte gemacht, Kinder müssen Komödien haben und Puppen. Es war euch auch in eurer Jugend so, ihr habt mich um manchen Batzen gebracht, um den Doktor Faust und das Mohrenballett zu sehen; ich weiß nun nicht, was ihr mit euern Kindern wollt, und warum ihnen nicht so gut werden soll wie euch.«

»Wer ist denn das?« sagte Meister, indem er eine Puppe aufhub. – »Verwirrt mir die Drähte nicht«, sagte die Alte, es ist mehr Mühe, als ihr denkt, bis man's so zusammenkriegt. Seht nur, das da ist König Saul. Ihr müßt nicht denken, daß ich was umsonst ausgebe; was Läppchen sind, die hab' ich all' in meinem Kasten, und das bißchen falsch Silber und Gold, das drauf ist, das kann ich wohl dran wenden.« – »Die Püppchen sind recht hübsch.« sagte Meister, – »Das denk' ich«, lächelte die Alte, »und kosten doch nicht viel. Der alte lahme Bildhauer Merks, der mir Interessen schuldig ist von seinem Häuschen so lang, hat mir Hände, Füße und Gesichter ausschneiden müssen, kein Geld krieg' ich doch nicht von ihm und vertreiben kann ich ihn nicht, er sitzt schon seit meinem seligen Mann her und hat immer richtig eingehalten bis zu seiner zwoten unglücklichen Heurat.« – »Dieser in schwarzem Samt und der goldenen Krone, das ist Saul?« fragte Meister; »wer sind denn die andern?« – »Das solltest du so sehen«, sagte die Mutter. »Das hier ist Jonathan, der hat Gelb und Rot, weil er jung ist und flatterig, und hat einen Turban auf. Der oben ist Samuel, der hat mir am meisten Mühe gemacht mit dem Brustschildchen. Sieh den Leibrock, das ist ein schieler Taft, den ich auch noch als Jungfer getragen habe.« – »Gute Nacht«, sagte Meister, »es schlägt just achte.« – »Sieh nur noch den David!« sagte die Alte. »Ah, der ist schön, der ist ganz geschnitzt und hat rote Haare; sieh, wie klein er ist und hübsch.« – »Wo ist denn nun der Goliath?« sagte Meister; »der wird doch nun auch kommen.« – »Der ist noch nicht fertig.« sagte die Alte. »Das muß ein Meisterstück werden. Wenn's nur erst alles fertig ist. Das Theater macht mir der Konstabler-Lieutenant fertig, mit seinem Bruder; und hinten zum Tanz, da sind Schäfer und Schäferinnen, Mohren und Mohrinnen, Zwerge und Zwerginnen, es wird recht hübsch werden! Laß es nur gut sein, und sag' zu Hause nichts davon und mach' nur, daß dein Wilhelm nicht hergelaufen kommt; der wird eine rechte Freude haben, denn ich denk's noch, wie ich ihn die letzte Messe ins Puppenspiel schickte, was er mir alles erzählt hat, und wie er's begriffen hat.« – »Sie gibt sich zu viel Mühe«, sagte Meister, indem er nach der Türe griff. – »Wenn man sich um der Kinder willen keine Mühe gäbe, wie wärt ihr groß geworden?« sagte die Großmutter.

Die Magd nahm ein Licht und führt' ihn hinunter. –

*

Der Christabend nahte heran in seiner vollen Feierlichkeit. Die Kinder liefen den ganzen Tag herum und standen am Fenster, in ängstlicher Erwartung, daß es nicht Nacht werden wollte. Endlich rief man sie, und sie traten in die Stube, wo jedem sein wohlerleuchtetes Anteil zu höchstem Erstaunen angewiesen ward. Jeder hatte von dem Seinigen Besitz genommen und war nach einem Zeitlang Angaffen im Begriff, es in eine Ecke und in seine Gewahrsam zu bringen, als ein unerwartetes Schauspiel sich vor ihren Augen auftat. Eine Tür, die aus einem Nebenzimmer hereinging, öffnete sich, allein nicht wie sonst zum Hin- und Widerlaufen; der Eingang war durch eine unerwartete Festlichkeit ausgefüllt, ein grüner Teppich, der über einem Tisch herabhing, bedeckte fest angeschlossen den untern Teil der Öffnung, von da auf baute sich ein Portal in die Höhe, das mit einem mystischen Vorhang verschlossen war, und was von da auf die Türe noch zu hoch sein mochte, bedeckte ein Stück dunkelgrünes Zeug und beschloß das Ganze. Erst standen sie alle von fern, und wie ihre Neugierde größer wurde, um zu sehen, was Blinkendes sich hinter dem Vorhang verbergen möchte, wies man jedem sein Stühlchen an und gebot ihnen freundlich, in Geduld zu warten. Wilhelm war der einzige, der in ehrerbietiger Entfernung stehen blieb und sich's zwei-, dreimal von seiner Großmutter sagen ließ, bis er auch sein Plätzchen einnahm. So saß nun alles und war still, und mit dem Pfiff rollte der Vorhang in die Höhe und zeigte eine hochrot gemalte Aussicht in den Tempel. Der Hohepriester Samuel erschien mit Jonathan, und ihre wechselnden Stimmen vergeisterten ganz ihre kleinen Zuschauer. Endlich trat Saul auf in großer Verlegenheit über die Impertinenz, womit der schwerlötige Kerl ihn und die Seinigen ausgefordert hatte – wie wohl ward's da unserm Wilhelm, der alle Worte abpaßte und bei allem zugegen war, als der zwerggestaltete, raupigte Sohn Isai mit seinem Schäferstab und Hirtentasche und Schleuder hervortrat und sprach: »Großmächtigster König und Herr Herr! Es entfalle keinem der Mut um dessentwillen; wenn Ihro Majestät mir erlauben wollen, so will ich hingehen und mit dem gewaltigen Riesen in den Streit treten.« Dieser Actus endigte sich. Die übrigen Kleinen waren alle vergackelt, Wilhelm allein erwartete das Folgende und sann drauf; er war unruhig, den großen Riesen zu sehen, und wie alles ablaufen würde.

Der Vorhang ging wieder auf. David weihte das Fleisch des Ungeheuers den Vögeln unter dem Himmel und den Tieren auf dem Felde. Der Philister sprach Hohn, stampfte viel mit beiden Füßen, fiel endlich wie ein Klotz und gab der ganzen Sache einen herrlichen Ausschlag. Wie dann nachher die Jungfrauen sungen: »Saul hat tausend geschlagen, David aber zehentausend«, und der Kopf des Riesen vor dem kleinen Überwinder hergetragen wurde und er davor die schöne Königstochter zur Gemahlin kriegte, verdroß es Wilhelmen doch bei aller Freude, daß der Glücksprinz so zwergenmäßig gebildet wäre. Denn nach der Idee vom großen Goliath und kleinen David hatte die liebe Großmutter nichts verfehlt, um beide recht charakteristisch zu machen. Die dumpfe Aufmerksamkeit der übrigen Geschwister dauerte ununterbrochen fort, Wilhelm aber geriet in eine Nachdenklichkeit, darüber er das Ballett von Mohren und Mohrinnen, Schäfern und Schäferinnen, Zwergen und Zwerginnen nur wie im Schatten vor sich hingaukeln sah. Der Vorhang fiel zu, die Türe schloß sich, und die ganze kleine Gesellschaft war wie betrunken taumelnd und begierig, ins Bett zu kommen; nur Wilhelm, der aus Gesellschaft mitmußte, lag allein, dunkel über das Vergangene nachdenkend, unbefriedigt in seinem Vergnügen, voller Hoffnungen, Drang und Ahndung.

»Schelten Sie das Puppenspiel nicht«

Als Wilhelm seine Mutter des andern Morgens begrüßte, eröffnete sie ihm, daß der Vater sehr verdrießlich sei und ihm den täglichen Besuch des Schauspiels nächstens untersagen werde. »Wenn ich gleich selbst«, fuhr sie fort, »manchmal gern ins Theater gehe, so möchte ich es doch oft verwünschen, da meine häusliche Ruhe durch deine unmäßige Leidenschaft zu diesem Vergnügen gestört wird. Der Vater wiederholt immer, wozu es nur nütze sei, wie man seine Zeit nur so verderben könne.«

»Ich habe es auch schon von ihm hören müssen«, versetzte Wilhelm, »und habe ihm vielleicht zu hastig geantwortet; aber um 's Himmels willen, Mutter! ist denn alles unnütz, was uns nicht unmittelbar Geld in den Beutel bringt, was uns nicht den allernächsten Besitz verschafft? Hatten wir in dem alten Hause nicht Raum genug? und war es nötig, ein neues zu bauen? Verwendet der Vater nicht jährlich einen ansehnlichen Teil seines Handelsgewinnes zur Verschönerung der Zimmer? Diese seidenen Tapeten, diese englischen Mobilien, sind sie nicht auch unnütz? Könnten wir uns nicht mit geringeren begnügen? Wenigstens bekenne ich, daß mir diese gestreiften Wände, diese hundertmal wiederholten Blumen, Schnörkel, Körbchen und Figuren einen durchaus unangenehmen Eindruck machen. Sie kommen mir höchstens vor wie unser Theatervorhang. Aber wie anders ist's, vor diesem zu sitzen! Wenn man noch so lange warten muß, so weiß man doch, er wird in die Höhe gehen, und wir werden die mannigfaltigsten Gegenstände sehen, die uns unterhalten, aufklären und erheben.«

»Mach' es nur mäßig«, sagte die Mutter, »der Vater will auch abends unterhalten sein; und dann glaubt er, es zerstreue dich, und am Ende trag' ich, wenn er verdrießlich wird, die Schuld. Wie oft mußte ich mir das verwünschte Puppenspiel vorwerfen lassen, das ich euch vor zwölf Jahren zum heiligen

Christ gab, und das euch zuerst Geschmack am Schauspiele beibrachte.«

»Schelten Sie das Puppenspiel nicht, lassen Sie sich Ihre Liebe und Vorsorge nicht gereuen! Es waren die ersten vergnügten Augenblicke, die ich in dem neuen leeren Hause genoß; ich sehe es diesen Augenblick noch vor mir, ich weiß, wie sonderbar es mir vorkam, als man uns, nach Empfang der gewöhnlichen Christgeschenke, vor einer Türe niedersitzen hieß, die aus einem andern Zimmer hereinging. Sie eröffnete sich; allein nicht wie sonst zum Hin- und Widerlaufen, der Eingang war durch eine unerwartete Festlichkeit ausgefüllt. Es baute sich ein Portal in die Höhe, das von einem mystischen Vorhang verdeckt war. Erst standen wir alle von ferne, und wie unsere Neugierde größer ward, um zu sehen, was wohl Blinkendes und Rasselndes sich hinter der halb durchsichtigen Hülle verbergen möchte, wies man jedem sein Stühlchen an und gebot uns, in Geduld zu warten.

So saß nun alles und war still; eine Pfeife gab das Signal, der Vorhang rollte in die Höhe und zeigte eine hochrot gemalte Aussicht in den Tempel. Der Hohepriester Samuel erschien mit Jonathan, und ihre wechselnden wunderlichen Stimmen kamen mir höchst ehrwürdig vor. Kurz darauf betrat Saul die Szene, in großer Verlegenheit über die Impertinenz des schwerlötigen Kriegers, der ihn und die Seinigen herausgefordert hatte. Wie wohl ward es mir daher, als der zwerggestaltete Sohn Isai mit Schäferstab, Hirtentasche und Schleuder hervorhüpfte und sprach: ›Großmächtigster König und Herr Herr! es entfalle keinem der Mut um deswillen; wenn Ihro Majestät mir erlauben wollen, so will ich hingehen und mit dem gewaltigen Riesen in den Streit treten.‹ – Der erste Akt war geendet und die Zuschauer höchst begierig, zu sehen, was nun weiter vorgehen sollte; jedes wünschte, die Musik möchte nur bald aufhören. Endlich ging der Vorhang wieder in die Höhe. David weihte das Fleisch des Ungeheuers den Vögeln unter dem Himmel und den Tieren auf dem Felde; der Philister sprach Hohn, stampfte viel mit beiden Füßen, fiel endlich wie ein Klotz und gab der ganzen Sache einen herrlichen Ausschlag. Wie dann nachher die Jungfrauen sangen: ›Saul hat tausend geschlagen, David aber zehntausend!‹, der Kopf des Riesen vor dem kleinen Überwinder hergetragen wurde, und er die schöne Königstochter zur Gemahlin erhielt, verdroß es mich doch bei aller Freude, daß der Glücksprinz so zwergmäßig gebildet sei. Denn nach der Idee vom großen Goliath und kleinen David hatte man nicht verfehlt, beide recht charakteristisch zu machen. Ich bitte Sie, wo sind die Puppen hingekommen? Ich habe versprochen, sie einem Freunde zu zeigen, dem ich viel Vergnügen machte, indem ich ihn neulich von diesem Kinderspiel unterhielt.«

»Es wundert mich nicht, daß du dich dieser Dinge so lebhaft erinnerst; denn du nahmst gleich den größten Anteil daran. Ich weiß, wie du mir das Büchlein entwendetest und das ganze Stück auswendig lerntest; ich wurde es erst gewahr, als du eines Abends dir einen Goliath und David von Wachs machtest, sie beide gegeneinander perorieren ließest, dem Riesen endlich einen Stoß gabst und sein unförmliches Haupt auf einer großen Stecknadel mit wächsernem Griff dem kleinen David in die Hand klebtest. Ich hatte damals so eine herzliche mütterliche Freude über dein gutes Gedächtnis und deine pathetische Rede, daß ich mir sogleich vornahm, dir die hölzerne Truppe nun selbst zu übergeben. Ich dachte damals nicht, daß es mir so manche verdrießliche Stunde machen sollte.«

»Lassen Sie sich's nicht gereuen«, versetzte Wilhelm, »denn es haben uns diese Scherze manche vergnügte Stunde gemacht.«

Und mit diesem erbat er sich die Schlüssel, eilte, fand die Puppen und war einen Augenblick in jene Zeiten versetzt, wo sie ihm noch belebt schienen, wo er sie durch die Lebhaftigkeit seiner Stimme, durch die Bewegung seiner Hände zu beleben glaubte. Er nahm sie mit auf seine Stube und verwahrte sie sorgfältig.

»Puppenspiele kutterbunt« – Catharina Elisabeth Goethe an Luise von Göchhausen

[Anfang Januar 1779.]

Dein guter Wunsch auf grün papier
Hat mir gemacht sehr viel pläsir,
Im Verse machen habe nicht viel gethan
Das sieht mann diesen Warlich an
Doch hab ich gebohren ein Knäbelein schön
Das thut das alles gar trefflich verstehn
Schreibt Puppenspiele kutterbunt
Tausend Allexandriner in einer Stund
Doch da derselbe zu dieser frist
Geheimdter Legations Rath in Weimar ist
So kan Er bey bewandten Sachen
keine Verse vor Frau Aja machen
Sonst solldest du wohl was bessers kriegen
jetzt mußt du dich hieran begnügen
Es mag also dabey verbleiben
Ich will meinen Danck in prosa schreiben

Ein Gaudium für Mutter Aja – Catharina Elisabeth Goethe an Johann Wolfgang Goethe

den 19ten Jenner 1795

Lieber Sohn!

Den besten und schönsten Danck vor deinen Willhelm! Das war einmahl wieder vor mich ein Gaudium! Ich fühlte mich 30 Jahre jünger – sahe dich und die andern Knaben 3 Treppen hoch die preparatoien zum Puppenspiel machen – sahe wie die Elise Bethmann brügel vom ältesten Mors kriegte u. d. m. Könte ich dir meine Empfindungen so klahr darstellen – die ich empfand – du würdest froh und frölig seyn – deiner Mutter so einen vergnügten Tag gemacht zu haben [...]

Weihnachtspuppen und Gespenster – Johanna Schopenhauer an Arthur Schopenhauer

5. Januar 1807

Goethe ist ein unbeschreibliches Wesen, das Höchste wie das Kleinste ergreift er, so saß er denn den ersten Feiertag eine lange Weile im letzten meiner drei Zimmer mit Adelen und der jüngsten Conta, einem hübschen unbefangenen sechzehnjährigen Mädchen, wir sahen von weitem der lebhaften Konversation zwischen den dreien zu, ohne sie zu verstehen, zuletzt gingen alle drei hinaus und kamen lange nicht wieder. Goethe war mit den Kindern in Sophiens Zimmer gegangen, hatte sich dort hingesetzt und sich Adelens Herrlichkeiten zeigen lassen, alles Stück vor Stück besehen, die Puppen nach der Reihe tanzen lassen, und kam nun mit den frohen Kindern und einem so lieben milden Gesicht zurück, wovon kein Mensch einen Begriff hat, der nicht die Gelegenheit hat, ihn zu sehen, wie ich. Ihn freut alles, was natürlich und anspruchslos ist, und nichts stößt ihn schneller zurück als Prätension. Wir hatten den Abend nichts zu lesen; ein Aufsatz über die verschiedenen Mundarten der italienischen Sprache, welchen Fernow mit der ihm ganz eigenen Grazie und Klarheit geschrieben und vorgelesen und der uns einige Abende hindurch unterhalten hatte, war aus … Also kam es dann wieder in mein Ausschneiden, wofür Goethe sich lebhaft interessiert. Mein Ofenschirm ist in voller Arbeit … Ich fabrizierte den Abend noch mit Meyern einen transparenten Mondschein; denn Meyer muß immer so etwas vorhaben; die übrigen standen umher und konversierten im zweiten Zimmer; Conta und die Bardua sangen zwischendurch ein Liedchen, und Goethe ging ab und zu, bald an meinen Tisch, wo ich mit Meyern arbeitete, bald nahm er teil an jenem Gespräch. Mit einemmale kam man, ich weiß nicht wie, dort auf den Einfall, die Bardua, die sich ohnehin leicht graut, mit Gespenstergeschichten angst zu machen. Goethe stand gerade hinter mir. Mit einemmale machte er ein ganz ernsthaftes Gesicht, drückte mir die Hand, um mich aufmerksam zu machen, und trat nun gerade vor die Bardua und fing eine der abenteuerlichsten Geschichten an, die ich je hörte; daß er sie auf der Stelle ersann, war deutlich, aber wie sein Gesicht sich belebte, wie ihn seine eigene Erfindung mit fortriß, ist unbeschreiblich. Er sprach von einem großen Kopf, der alle Nacht oben durchs Dach sieht; alle Züge von dem Kopf sind in Bewegung; man denkt die Augen zu sehen, und es ist der Mund, und so verschiebt sich's immer, und man muß immer hinsehen, wenn man einmal hingesehen hat. Und dann kommt eine lange Zunge heraus, die wird immer länger und länger, und Ohren, die arbeiten, um der Zunge nachzukommen, aber die können's nicht. Kurz es war über alle Beschreibung toll, aber von ihm muß man's hören und besonders ihn dazu sehen. So ungefähr muß er aussehen, wenn er dichtet.

Werthers Weihnacht

Die Leiden des jungen Werthers

An eben dem Tage, es war der Sonntag vor Weihnachten, kam er Abends zu Lotten, und fand sie allein. Sie beschäftigte sich, einige Spielwerke in Ordnung zu bringen, die sie ihren kleinen Geschwistern zum Christgeschenke zurecht gemacht hatte. Er redete von dem Vergnügen, das die Kleinen haben würden, und von den Zeiten, da einen die unerwartete Oeffnung der Thüre, und die Erscheinung eines aufgepuzten Baums mit Wachslichtern, Zukkerwerk und Aepfeln, in paradisische Entzükkung sezte. Sie sollen, sagte Lotte, indem sie ihre Verlegenheit unter ein liebes Lächeln verbarg: Sie sollen auch bescheert kriegen, wenn Sie recht geschikt sind, ein Wachsstökgen und noch was. Und was heißen Sie geschikt seyn? rief er aus, wie soll ich seyn, wie kann ich seyn, beste Lotte? Donnerstag Abend, sagte sie, ist Weyhnachtsabend, da kommen die Kinder, mein Vater auch, da kriegt jedes das seinige, da kommen Sie auch – aber nicht eher. – Werther stuzte! – Ich bitte Sie, fuhr sie fort, es ist nun einmal so, ich bitte Sie um meiner Ruhe willen, es kann nicht, es kann nicht so bleiben! – Er wendete seine Augen von ihr, gieng in der Stube auf und ab, und murmelte das: es kann nicht so bleiben! zwischen den Zähnen. Lotte, die den schröklichen Zustand fühlte, worinn ihn diese Worte versezt hatten, suchte durch allerley Fragen seine Gedanken abzulenken, aber vergebens: Nein, Lotte, rief er aus: ich werde Sie nicht wieder sehn! – Warum das? versezte sie, Werther, Sie können, Sie müssen uns wieder sehen, nur mässigen Sie sich. O! warum mußten Sie mit dieser Heftigkeit, dieser unbezwinglich haftenden Leidenschaft für alles, das Sie einmal anfassen, gebohren werden. Ich bitte Sie, fuhr sie fort, indem sie ihn bey der Hand nahm, mässigen Sie sich, Ihr Geist, Ihre Wissenschaft, Ihre Talente, was bieten die Ihnen für mannigfaltige Ergözzungen dar! seyn Sie ein Mann, wenden Sie diese traurige Anhänglichkeit von einem Geschöpfe, das nichts thun kann als Sie bedauren. – Er knirrte mit den Zähnen, und sah sie düster an. Sie hielt seine Hand: Nur einen Augenblik ruhigen Sinn, Werther, sagte sie. Fühlen Sie nicht, daß Sie sich betrügen, sich mit Willen zu Grunde richten? Warum denn mich! Werther! Just mich! das Eigenthum eines andern. Just das! Ich fürchte, ich fürchte, es ist nur die Unmöglichkeit mich zu besizzen, die Ihnen diesen Wunsch so reizend macht. Er zog seine Hand aus der ihrigen, indem er sie mit einem starren unwilligen Blikke ansah. Weise! rief er, sehr weise! hat vielleicht Albert diese Anmerkung gemacht? Politisch! sehr politisch! – Es kann sie jeder machen, versezte sie drauf. Und sollte denn in der weiten Welt kein Mädgen seyn, das die Wünsche Ihres Herzens erfüllte. Gewinnen Sie's über sich, suchen Sie darnach, und ich schwöre Ihnen, Sie werden sie finden. Denn schon lange ängstet mich für Sie und uns die Einschränkung, in die Sie sich diese Zeit her selbst gebannt haben. Gewinnen Sie's über sich! Eine Reise wird Sie, muß Sie zerstreuen! Suchen Sie, finden Sie einen werthen Gegenstand all Ihrer Liebe, und kehren Sie zurük, und lassen Sie uns zusammen die Seligkeit einer wahren Freundschaft genießen.

Das könnte man, sagte er mit einem kalten Lachen, drukken lassen, und allen Hofmeistern empfehlen. Liebe Lotte, lassen Sie mir noch ein klein wenig Ruh, es wird alles werden. – Nur das Werther! daß Sie nicht eher kommen als Weyhnachtsabend! – Er wollte antworten, und Albert trat in die Stube. Man bot sich einen frostigen guten Abend, und gieng verlegen im Zimmer neben einander auf und nieder. Werther fieng einen unbedeutenden Diskurs an, der bald aus war, Albert desgleichen, der sodann seine Frau nach einigen Aufträgen fragte, und als er hörte, sie seyen noch nicht ausgerichtet, ihr spizze Reden gab, die Werthern durch's Herz giengen. Er wollte gehn, er konnte nicht und zauderte bis Acht, da sich denn der Unmuth und Unwillen an einander immer vermehrte, bis der Tisch gedekt wurde und er Huth und Stok nahm, da ihm denn Albert ein unbedeutend

Kompliment, ob er nicht mit ihnen vorlieb nehmen wollte? mit auf den Weg gab.

Er kam nach Hause, nahm seinem Burschen, der ihm leuchten wollte, das Licht aus der Hand, und gieng allein in sein Zimmer, weinte laut, redete aufgebracht mit sich selbst, gieng heftig die Stube auf und ab, und warf sich endlich in seinen Kleidern aufs Bette, wo ihn der Bediente fand, der es gegen Eilf wagte hinein zu gehn, um zu fragen, ob er dem Herrn die Stiefel ausziehen sollte, das er denn zuließ und dem Diener verbot, des andern Morgens nicht in's Zimmer zu kommen, bis er ihm rufte.

Montags früh, den ein und zwanzigsten December, schrieb er folgenden Brief an Lotten, den man nach seinem Tode versiegelt auf seinem Schreibtische gefunden und ihr überbracht hat, und den ich Absazweise hier einrükken will, so wie aus den Umständen erhellet, daß er ihn geschrieben habe.

*

Es ist beschlossen, Lotte, ich will sterben, und das schreib ich Dir ohne romantische Ueberspannung gelassen, an dem Morgen des Tags, an dem ich Dich zum lezten mal sehn werde. Wenn Du dieses liesest, meine Beste, dekt schon das kühle Grab die erstarrten Reste des Unruhigen, Unglüklichen, der für die lezten Augenblikke seines Lebens keine grössere Süssigkeit weis, als sich mit Dir zu unterhalten. Ich habe eine schrökliche Nacht gehabt, und ach eine wohlthätige Nacht, sie ist's, die meinen wankenden Entschluß befestiget, bestimmt hat: ich will sterben. Wie ich mich gestern von Dir riß, in der fürchterlichen Empörung meiner Sinnen, wie sich all all das nach meinem Herzen drängte, und mein hoffnungloses, freudloses Daseyn neben Dir, in gräßlicher Kälte mich anpakte; ich erreichte kaum mein Zimmer, ich warf mich ausser mir auf meine Knie, und o Gott! du gewährtest mir das lezte Labsal der bittersten Thränen, und tausend Anschläge, tausend Aussichten wütheten durch meine Seele, und zuletzt stand er da, fest ganz der lezte einzige Gedanke: Ich will sterben! – Ich legte mich nieder, und Morgens, in all der Ruh des Erwachens, steht er noch fest, noch ganz stark in meinem Herzen: Ich will sterben! – Es ist nicht Verzweiflung, es ist Gewißheit, daß ich ausgetragen habe, und daß ich mich opfere für Dich, ja Lotte, warum sollt ich's verschweigen: eins von uns dreyen muß hinweg, und das will ich seyn. O meine Beste, in diesem zerrissenen Herzen ist es wüthend herum geschlichen, oft – Deinen Mann zu ermorden! Dich! – mich! – So sey's denn! – Wenn du hinauf steigst auf den Berg, an einem schönen Sommerabende, dann erinnere Dich meiner, wie ich so oft das Thal herauf kam, und dann blikke nach dem Kirchhofe hinüber nach meinem Grabe, wie der Wind das hohe Gras im Schein der sinkenden Sonne, hin und her wiegt. – Ich war ruhig da ich anfieng, und nun wein ich wie ein Kind, da mir all das so lebhaft um mich wird. –

Gegen zehn Uhr rufte Werther seinem Bedienten, und unter dem Anziehen sagte er ihm: wie er in einigen Tagen verreisen würde, er solle daher die Kleider auskehren, und alles zum Einpakken zurechte machen, auch gab er ihm Befehl, überall Contis zu fordern, einige ausgeliehene Bücher abzuholen, und einigen Armen, denen er wöchentlich etwas zu geben gewohnt war, ihr Zugetheiltes auf zwey Monathe voraus zu bezahlen.

Er ließ sich das Essen auf die Stube bringen, und nach Tische ritt er hinaus zum Amtmanne, den er nicht zu Hause antraf. Er gieng tiefsinnig im Garten auf und ab, und schien noch zulezt alle Schwermuth der Erinnerung auf sich häufen zu wollen.

Die Kleinen ließen ihn nicht lange in Ruhe, sie verfolgten ihn, sprangen an ihn hinauf, erzählten ihm: daß, wenn Morgen und wieder Morgen, und noch ein Tag wäre, daß sie die Christgeschenke bey Lotten holten, und erzählten ihm Wunder, die sich ihre kleine Einbildungskraft versprach. Morgen! rief er aus, und wieder Morgen, und noch ein Tag! Und küßte sie alle herzlich, und wollte sie verlassen, als ihm der kleine noch was in's Ohr sagen wollte. Der verrieth ihm, daß die großen Brüder hätten schöne Neujahrswünsche geschrieben, so gros, und einen für den Papa, für Albert und Lotte einen, und auch einen für Herrn Werther. Die wollten sie des Neujahrstags früh überreichen.

Das übermannte ihn, er schenkte jedem was, sezte sich zu Pferde, ließ den Alten grüßen, und ritt mit Thränen in den Augen davon.

Gegen fünfe kam er nach Hause, befahl der Magd nach dem Feuer zu sehen, und es bis in die Nacht zu unterhalten. Dem Bedienten hieß er Bücher und Wäsche unten in den Coffer pakken, und die Kleider einnähen. Darauf schrieb er wahrscheinlich folgenden Absaz seines lezten Briefes an Lotten.

*

Du erwartest mich nicht. Du glaubst, ich würde gehorchen, und erst Weyhnachtsabend Dich wieder sehn. O Lotte! Heut, oder nie mehr. Weyhnachtsabend hältst Du dieses Papier in Deiner Hand, zitterst und benezt es mit Deinen lieben Thränen. Ich will, ich muß! O wie wohl ist mir's, daß ich entschlossen bin.

Um halb sieben gieng er nach Albertens Hause, und fand Lotten allein, die über seinen Besuch sehr erschrokken war. Sie hatte ihrem Manne im Diskurs gesagt, daß Werther vor Weyhnachtsabend nicht wiederkommen würde. Er ließ bald darauf sein Pferd satteln, nahm von ihr Abschied und sagte, er wolle zu einem Beamten in der Nachbarschaft reiten, mit dem er Geschäfte abzuthun habe, und so machte er sich truz der übeln Witterung fort. Lotte, die wohl wußte, daß er dieses Geschäft schon lange verschoben hatte, daß es ihn eine Nacht von Hause halten würde, verstund die Pantomime nur allzu wohl und ward herzlich betrübt darüber. Sie saß in ihrer Einsamkeit, ihr Herz ward weich, sie sah das Vergangene, fühlte all ihren Werth, und ihre Liebe zu ihrem Manne, der nun statt des versprochenen Glüks anfieng das Elend ihres Lebens zu machen. Ihre Gedanken fielen auf Werthern. Sie schalt ihn, und konnte ihn nicht hassen. Ein geheimer Zug hatte ihr ihn vom Anfange ihrer Bekanntschaft theuer gemacht, und nun, nach so viel Zeit, nach so manchen durchlebten Situationen, mußte sein Eindruk unauslöschlich in ihrem Herzen seyn. Ihr gepreßtes Herz machte sich endlich in Thränen Luft und gieng in eine stille Melancholie über, in der sie sich je länger je tiefer verlohr. Aber wie schlug ihr Herz, als sie Werthern die Treppe herauf kommen und außen nach ihr fragen hörte. Es war zu spät, sich verläugnen zu lassen, und sie konnte sich nur halb von ihrer Verwirrung ermannen, als er ins Zimmer trat. Sie haben nicht Wort gehalten! rief sie ihm entgegen. Ich habe nichts versprochen, war seine Antwort. So hätten Sie mir wenigstens meine Bitte gewähren sollen, sagte sie, es war Bitte um unserer beyder Ruhe willen. Indem sie das sprach, hatte sie bey sich überlegt, einige ihrer Freundinnen zu sich rufen zu lassen. Sie sollten Zeugen ihrer Unterredung mit Werthern seyn, und Abends, weil er sie nach Hause führen mußte, ward sie ihn zur rechten Zeit los. Er hatte ihr einige Bücher zurük gebracht, sie fragte nach einigen andern, und suchte das Gespräch in Erwartung ihrer Freundinnen, allgemein zu erhalten, als das Mädgen zurük kam und ihr hinterbrachte, wie sie sich beyde entschuldigen ließen, die eine habe unangenehmen Verwandtenbesuch, und die andere möchte sich nicht anziehen, und in dem schmuzigen Wetter nicht gerne ausgehen.

Darüber ward sie einige Minuten nachdenkend, bis das Gefühl ihrer Unschuld sich mit einigem Stolze empörte. Sie bot Albertens Grillen Truz, und die Reinheit ihres Herzens gab ihr eine Festigkeit, daß sie nicht, wie sie anfangs vorhatte, ihr Mädgen in die Stube rief, sondern, nachdem sie einige Menuets auf dem Clavier gespielt hatte, um sich zu erholen, und die Verwirrung ihres Herzens zu stillen, sich gelassen zu Werthern aufs Canapee sezte. Haben Sie nichts zu lesen, sagte sie. Er hatte nichts. Da drinne in meiner Schublade, fieng sie an, liegt ihre Uebersezzung einiger Gesänge Ossians, ich habe sie noch nicht gelesen, denn ich hoffte immer, sie von Ihnen zu hören, aber zeither sind Sie zu nichts mehr tauglich. Er lächelte, holte die Lieder, ein Schauer überfiel ihn, als er sie in die Hand nahm, und die Augen stunden ihm voll Thränen, als er hinein sah, er sezte sich nieder und las

[...]

Ein Strohm von Thränen, der aus Lottens Augen brach und ihrem gepreßten Herzen Luft machte, hemmte Werthers Gesang, er warf das Papier hin, und faßte ihre Hand und weinte die bittersten Thränen. Lotte ruhte auf der andern und verbarg ihre Augen in's Schnupftuch, die Bewegung beyder war fürchterlich. Sie fühlten ihr eigenes Elend in dem Schiksal der Edlen, fühlten es zusammen, und ihre Thränen vereinigten sie. Die Lippen und Augen Werthers glühten an Lottens Arme, ein Schauer überfiel sie, sie wollte sich entfernen und es lag all der Schmerz, der Antheil betäubend wie Bley auf ihr. Sie athmete sich zu erholen, und bat ihn schluchsend, fortzufahren, bat mit der ganzen Stimme des Himmels, Werther zitterte, sein Herz wollte bersten, er hub das Blatt auf und las halb gebrochen:

Warum wekst du mich Frühlingsluft, du buhlst und sprichst: ich bethaue mit Tropfen des Himmels. Aber die Zeit meines Welkens ist nah, nah der Sturm, der meine Blätter herabstört! Morgen wird der Wandrer kommen, kommen der mich sah in meiner Schönheit, rings wird sein Aug im Felde mich suchen, und wird mich nicht finden. –

Die ganze Gewalt dieser Worte fiel über den Unglüklichen, er warf sich vor Lotten nieder in der vollen Verzweiflung, faßte ihre Hände, drukte sie in seine Augen, wider seine Stirn, und ihr schien eine Ahndung seines schröklichen Vorhabens durch die Seele zu fliegen. Ihre Sinnen verwirrten sich, sie drukte seine Hände, drukte sie wider ihre Brust, neigte sich mit einer wehmüthigen Bewegung zu ihm, und ihre glühenden Wangen berührten sich. Die Welt vergieng ihnen, er schlang seine Arme um sie her, preßte sie an seine Brust, und dekte ihre zitternde stammelnde Lippen mit wüthenden Küssen. Werther! rief sie mit erstikter Stimme sich abwendend, Werther! und drükte mit schwacher Hand seine Brust von der ihrigen! Werther! rief sie mit dem gefaßten Tone des edelsten Gefühls; er widerstund nicht, lies sie aus seinen Armen, und warf sich unsinnig vor sie hin. Sie riß sich auf, und in ängstlicher Verwirrung, bebend zwischen Liebe und Zorn sagte sie: Das ist das leztemal! Werther! Sie sehn mich nicht wieder. Und mit dem vollsten Blik der Liebe auf den Elenden eilte sie in's Nebenzimmer, und schloß hinter sich zu. Werther strekte ihr die Arme nach, getraute sich nicht sie zu halten. Er lag an der Erde, den Kopf auf dem Canapee, und in dieser Stellung blieb er über eine halbe Stunde, biß ihn ein Geräusch zu sich selbst rief. Es war das Mädgen, das den Tisch dekken wollte. Er gieng im Zimmer auf und ab, und da er sich wieder allein sah, gieng er zur Thüre des Cabinets, und rief mit leiser Stimme, Lotte! Lotte! nur noch ein Wort, ein Lebe wohl! – Sie schwieg, er harrte – und bat – und harrte, dann riß er sich weg und rief, Leb wohl, Lotte! auf ewig leb wohl!

Er kam an's Stadtthor. Die Wächter die ihn schon gewohnt waren, ließen ihn stillschweigend hinaus, es stübte zwischen Regen und Schnee, und erst gegen eilfe klopfte er wieder. Sein Diener bemerkte, als Werther nach Hause kam, daß seinem Herrn der Huth fehlte. Er getraute sich nichts zu sagen, entkleidete ihn, alles war naß. Man hat nachher den Huth auf einem Felsen, der an dem Abhange des Hügels in's Thal sieht gefunden, und es ist unbegreiflich, wie er ihn in einer finstern feuchten Nacht ohne zu stürzen erstiegen hat.

Er legte sich zu Bette und schlief lange. Der Bediente fand ihn schreiben, als er ihm den andern Morgen auf sein Rufen den Caffee brachte. Er schrieb folgendes am Briefe an Lotten:

*

Zum leztenmale denn, zum leztenmale schlag ich diese Augen auf, sie sollen ach die Sonne nicht mehr sehen, ein trüber neblichter Tag hält sie bedeckt. So traure denn, Natur, dein Sohn, dein Freund, dein Geliebter naht sich seinem Ende. Lotte, das ist ein Gefühl ohne gleichen, und doch kommt's dem dämmernden Traume am nächsten, zu sich zu sagen: das ist der lezte Morgen. Der lezte! Lotte, ich habe keinen Sinn vor das Wort, der lezte! Steh ich nicht da in meiner ganzen Kraft, und Morgen lieg ich ausgestreckt und schlaff am Boden. Sterben! Was heißt das? Sieh wir träumen, wenn wir vom Tode reden. Ich hab manchen sterben sehen, aber so eingeschränkt ist die Menschheit, daß sie für ihres Daseyns Anfang und Ende keinen Sinn hat. Jezt noch mein, dein! dein! o Geliebte, und einen Augenblick – getrennt, geschieden – vielleicht auf ewig. – Nein, Lotte, nein – Wie kann ich vergehen, wie kannst du vergehen, wir sind ja! – Vergehen! – Was heißt das? das ist wieder ein Wort! ein leerer Schall ohne Gefühl für mein Herz. – – Todt, Lotte! Eingescharrt der kalten Erde, so eng, so finster! – Ich hatte eine Freundin, die mein Alles war meiner hülflosen Jugend, sie starb und ich folgte ihrer Leiche, und stand an dem Grabe. Wie sie den Sarg hinunter ließen und die Seile schnurrend unter ihm weg und wieder herauf schnellten, dann die erste Schaufel hinunter schollerte und die ängstliche Lade einen dumpfen Ton wiedergab, und dumpfer und immer dumpfer und endlich bedeckt war! – Ich stürzte neben das Grab hin – Ergriffen erschüttert geängstet zerrissen mein innerstes, aber ich wuste nicht wie mir geschah, – wie mir geschehen wird – Sterben! Grab! Ich verstehe die Worte nicht!

O vergieb mir! vergieb mir! Gestern! Es hätte der lezte Augenblik meines Lebens seyn sollen. O du Engel! zum erstenmale, zum erstenmale ganz ohne Zweifel durch mein innig innerstes durchglühte mich das Wonnegefühl: Sie liebt mich! Sie liebt mich. Es brennt noch auf meinen Lippen das heilige Feuer das von den deinigen ströhmte, neue warme Wonne ist in meinem Herzen. Vergieb mir, vergieb mir.

Ach ich wuste, daß du mich liebtest, wuste es an den ersten seelenvollen Blikken, an dem ersten Händedruk, und doch wenn ich wieder weg war, wenn ich Alberten an deiner Seite sah, verzagt' ich wieder in fieberhaften Zweifeln.

Erinnerst du dich der Blumen die du mir schiktest, als du in jener fatalen Gesellschaft mir kein Wort sagen, keine Hand reichen konntest, o ich habe die halbe Nacht davor gekniet, und sie versiegelten mir deine Liebe. Aber ach! diese Eindrükke gingen vorüber, wie das Gefühl der Gnade seines Gottes allmählig wieder aus der Seele des Gläubigen weicht, die ihm mit ganzer Himmelsfülle im heiligen sichtbaren Zeichen gereicht ward.

Alles das ist vergänglich, keine Ewigkeit soll das glühende Leben auslöschen, das ich gestern auf deinen Lippen genoß, das ich in mir fühle. Sie liebt mich! Dieser Arm hat sie umfast, diese Lippen auf ihren Lippen gezittert, dieser Mund am ihrigen gestammelt. Sie ist mein! du bist mein! ja Lotte auf ewig!

Und was ist das? daß Albert dein Mann ist! Mann? – das wäre denn für diese Welt – und für diese Welt Sünde, daß ich dich liebe, daß ich dich aus seinen Armen in die meinigen reissen möchte? Sünde? Gut! und ich strafe mich davor: Ich hab sie in ihrer ganzen Himmelswonne geschmekt diese Sünde, habe Lebensbalsam und Kraft in mein Herz gesaugt, du bist von dem Augenblikke mein! Mein, o Lotte. Ich gehe voran! Geh zu meinem Vater, zu deinem Vater, dem will ich's klagen und er wird mich trösten biß du kommst, und ich fliege dir entgegen und fasse dich und bleibe bey dir vor dem Angesichte des Unendlichen in ewigen Umarmungen.

Ich träume nicht, ich wähne nicht! nah am Grabe ward mir's

heller. Wir werden seyn, wir werden uns wieder sehn! Deine Mutter sehn! ich werde sie sehen, werde sie finden, ach und vor ihr all mein Herz ausschütten. Deine Mutter. Dein Ebenbild.

—

Gegen eilfe fragte Werther seinen Bedienten, ob wohl Albert zurük gekommen sey. Der Bediente sagte: ja er habe dessen Pferd dahin führen sehn. Drauf giebt ihm der Herr ein offenes Zettelgen des Inhalts:

*

Wollten Sie mir wohl zu einer vorhabenden Reise ihre Pistolen leihen? Leben Sie recht wohl.

—

Die liebe Frau hatte die lezte Nacht wenig geschlafen, ihr Blut war in einer fieberhaften Empörung, und tausenderley Empfindungen zerrütteten ihr Herz. Wider ihren Willen fühlte sie tief in ihrer Brust das Feuer von Werthers Umarmungen, und zugleich stellten sich ihr die Tage ihrer unbefangenen Unschuld, des sorglosen Zutrauens auf sich selbst in doppelter Schöne dar, es ängstigten sie schon zum voraus die Blikke ihres Manns, und seine halb verdrüßlich halb spöttische Fragen, wenn er Werthers Besuch erfahren würde; sie hatte sich nie verstellt, sie hatte nie gelogen, und nun sah sie sich zum erstenmal in der unvermeidlichen Nothwendigkeit; der Widerwillen, die Verlegenheit die sie dabey empfand, machte die Schuld in ihren Augen grösser, und doch konnte sie den Urheber davon weder hassen, noch sich versprechen, ihn nie wieder zu sehn. Sie weinte bis gegen Morgen, da sie in einen matten Schlaf versank, aus dem sie sich kaum aufgeraft und angekleidet hatte, als ihr Mann zurükkam, dessen Gegenwart ihr zum erstenmal ganz unerträglich war;

denn indem sie zitterte, er würde das verweinte überwachte ihrer Augen und ihrer Gestalt entdekken, ward sie noch verwirrter, bewillkommte ihn mit einer heftigen Umarmung, die mehr Bestürzung und Reue, als eine auffahrende Freude ausdrükte, und eben dadurch machte sie die Aufmerksamkeit Albertens rege, der, nachdem er einige Briefe und Pakets erbrochen, sie ganz trokken fragte, ob sonst nichts vorgefallen, ob niemand da gewesen wäre? Sie antwortete ihm stokkend. Werther seye gestern eine Stunde gekommen. – Er nimmt seine Zeit gut, versezt er, und ging nach seinem Zimmer. Lotte war eine Viertelstunde allein geblieben. Die Gegenwart des Mannes, den sie liebte und ehrte, hatte einen neuen Eindruk in ihr Herz gemacht. Sie erinnerte sich all seiner Güte, seines Edelmuths seiner Liebe, und schalt sich, daß sie es ihm so übel gelohnt habe. Ein unbekannter Zug reizte sie ihm zu folgen, sie nahm ihre Arbeit, wie sie mehr gethan hatte, ging nach seinem Zimmer und fragte, ob er was bedürfte? er antwortete: nein! stellte sich an Pult zu schreiben, und sie sezte sich nieder zu strikken. Eine Stunde waren sie auf diese Weise neben einander, und als Albert etlichemal in der Stube auf und ab ging, und Lotte ihn anredete, er aber wenig oder nichts drauf gab und sich wieder an Pult stellte, so verfiel sie in eine Wehmuth, die ihr um desto ängstlicher ward, als sie solche zu verbergen und ihre Thränen zu verschlukken suchte.

Die Erscheinung von Werthers Knaben versezte sie in die gröste Verlegenheit, er überreichte Alberten das Zettelgen, der sich ganz kalt nach seiner Frau wendete, und sagte: gieb ihm die Pistolen. – Ich laß ihm glükliche Reise wünschen, sagt er zum Jungen. Das fiel auf sie wie ein Donnerschlag. Sie schwankte aufzustehn. Sie wußte nicht wie ihr geschah. Langsam ging sie nach der Wand, zitternd nahm sie sie herunter, puzte den Staub ab und zauderte, und hätte noch lang gezögert, wenn nicht Albert durch einen fragenden Blik: was denn das geben sollte? sie gedrängt hätte. Sie gab das unglükliche Gewehr dem Knaben, ohne ein Wort vorbringen zu können, und als der zum Hause draus war, machte sie ihre Arbeit zusammen, ging in ihr Zimmer in dem Zustand des unaussprechlichsten Leidens. Ihr Herz weissagte ihr alle Schröknisse. Bald war sie im Begriff sich zu den Füssen ihres Mannes zu werfen, ihm alles zu entdekken, die Geschichte des gestrigen Abends, ihre Schuld und ihre Ahndungen. Dann sah sie wieder keinen Ausgang des Unternehmens, am wenigsten konnte sie hoffen ihren Mann zu einem Gange nach Werthern zu bereden. Der Tisch ward gedekt, und eine gute Freundinn, die nur etwas zu fragen kam und die Lotte nicht wegließ, machte die Unterhaltung bey Tische erträglich, man zwang sich, man redete, man erzählte, man vergaß sich.

Der Knabe kam mit den Pistolen zu Werthern, der sie ihm mit Entzükken abnahm, als er hörte, Lotte habe sie ihm gegeben. Er ließ sich ein Brod und Wein bringen, hies den Knaben zu Tisch gehn, und sezte sich nieder zu schreiben.

*

Sie sind durch deine Hände gegangen, du hast den Staub davon gepuzt, ich küsse sie tausendmal, du hast sie berührt. Und du Geist des Himmels begünstigst meinen Entschluß! Und du Lotte reichst mir das Werkzeug, du, von deren Händen ich den Tod zu empfangen wünschte, und ach nun empfange. O ich habe meinen Jungen ausgefragt, du zittertest, als du sie ihm reichtest, du sagtest kein Lebe wohl; – Weh! Weh! – kein Lebe wohl! – Solltest du dein Herz für mich verschlossen haben, um des Augenbliks willen der mich auf ewig an dich befestigte. Lotte, kein Jahrtausend vermag den Eindruk auszulöschen! Und ich fühl's, du kannst den nicht hassen, der so für dich glüht.

Nach Tische hieß er den Knaben alles vollends einpakken, zerriß viele Papiere, ging aus, und brachte noch kleine Schulden in Ordnung. Er kam wieder nach Hause, ging wieder aus, vor's Thor ohngeachtet des Regens, in den gräflichen Garten, schweifte weiter in der Gegend umher, und kam mit einbrechender Nacht zurük und schrieb.

*

Wilhelm, ich habe zum leztenmale Feld und Wald und den Himmel gesehn. Leb wohl auch du! Liebe Mutter, verzeiht mir! Tröste sie, Wilhelm. Gott segne euch! Meine Sachen sind all in Ordnung. Lebt wohl! Wir sehen uns wieder und freudiger.

*

Ich habe dir übel gelohnt, Albert, und du vergiebst mir. Ich habe den Frieden deines Hauses gestört, ich habe Mißtrauen zwischen euch gebracht. Leb wohl, ich will's enden. O daß ihr glüklich wäret durch meinen Tod! Albert! Albert! mache den Engel glüklich. Und so wohne Gottes Seegen über dir!

Er kramte den Abend noch viel in seinen Papieren, zerriß vieles und warf's in Ofen, versiegelte einige Päkke mit den Addressen an Wilhelmen. Sie enthielten kleine Aufsäzze, abgerissene Gedanken, deren ich verschiedene gesehen habe; und nachdem er um zehn Uhr im Ofen nachlegen, und sich einen Schoppen Wein geben lassen, schikte er den Bedienten, dessen Kammer wie auch die Schlafzimmer der Hausleute weit hinten hinaus waren, zu Bette, der sich denn in seinen Kleidern niederlegte um früh bey der Hand zu seyn, denn sein Herr hatte gesagt, die Postpferde würden vor sechse vor's Haus kommen.

*

nach eilfe.

Alles ist so still um mich her, und so ruhig meine Seele, ich danke dir Gott, der du diesen lezten Augenblikken diese Wärme, diese Kraft schenkest.

Ich trete an's Fenster, meine Beste, und seh und sehe noch durch die stürmenden vorüberfliehenden Wolken einzelne Sterne des ewigen Himmels! Nein, ihr werdet nicht fallen! Der Ewige trägt euch an seinem Herzen, und mich. Ich sah die Deichselsterne des Wagens, des liebsten unter allen Gestirnen. Wenn ich Nachts von dir ging, wie ich aus deinem Thore trat, stand er gegen über! Mit welcher Trunkenheit hab ich ihn oft angesehen! Oft mit aufgehobenen Händen ihn zum Zeichen, zum heiligen Merksteine meiner gegenwärtigen Seligkeit gemacht, und noch – O Lotte, was erinnert mich nicht an dich! Umgiebst du mich nicht, und hab ich nicht gleich einem Kinde, ungenügsam allerley Kleinigkeiten zu mir gerissen, die du Heilige berührt hattest!

Liebes Schattenbild! Ich vermache dir's zurük, Lotte, und bitte dich es zu ehren. Tausend, tausend Küsse hab ich drauf gedrükt, tausend Grüße ihm zugewinkt, wenn ich ausgieng, oder nach Hause kam.

Ich habe deinen Vater in einem Zettelgen gebeten, meine Leiche zu schüzzen. Auf dem Kirchhofe sind zwey Lindenbäume, hinten im Ekke nach dem Felde zu, dort wünsch ich zu ruhen. Er kann, er wird das für seinen Freund thun. Bitt ihn auch. Ich will frommen Christen nicht zumuthen, ihren Körper neben einem armen Unglüklichen niederzulegen. Ach ich wollte, ihr begrübt mich am Wege, oder im einsamen Thale, daß Priester und Levite vor dem bezeichnenden Steine sich segnend vorüberging, und der Samariter eine Thräne weinte.

Hier Lotte! Ich schaudere nicht den kalten schröklichen Kelch zu fassen, aus dem ich den Taumel des Todes trinken soll! Du reichtest mir ihn, und ich zage nicht. All! All! so sind all die Wünsche und Hoffnungen meines Lebens erfüllt! So kalt, so starr an der ehernen Pforte des Todes anzuklopfen.

Daß ich des Glüks hatte theilhaftig werden können! Für dich zu sterben, Lotte, für dich mich hinzugeben. Ich wollte muthig, ich wollte freudig sterben, wenn ich dir die Ruhe, die Wonne deines Lebens wieder schaffen könnte; aber ach das ward nur wenig Edlen gegeben, ihr Blut für die Ihrigen zu vergiessen, und durch ihren Tod ein neues hundertfältiges Leben ihren Freunden anzufachen.

In diesen Kleidern, Lotte, will ich begraben seyn. Du hast sie berührt, geheiligt. Ich habe auch darum deinen Vater gebeten. Meine Seele schwebt über dem Sarge. Man soll meine Taschen nicht aussuchen. Diese blaßrothe Schleife, die du am Busen hattest, als ich dich zum erstenmale unter deinen Kindern fand. O küsse sie tausendmal und erzähl ihnen das Schiksal ihres unglüklichen Freunds. Die Lieben, sie wimmeln um mich. Ach wie ich mich an dich schloß! Seit dem ersten Augenblikke dich nicht lassen konnte! Diese Schleife soll mit mir begraben werden. An meinem Geburtstage schenktest du mir sie! Wie ich das all verschlang – Ach ich dachte nicht, daß mich der Weg hierher führen sollte! – – Sey ruhig! ich bitte dich, sey ruhig! –

Sie sind geladen – es schlägt zwölfe! – So sey's denn – Lotte! Lotte leb wohl! Leb wohl!

Ein Nachbar sah den Blik vom Pulver und hörte den Schuß fallen, da aber alles still blieb achtete er nicht weiter drauf.

Morgens um sechse tritt der Bediente herein mit dem Lichte, er findet seinen Herrn an der Erde, die Pistole und Blut. Er ruft, er faßt ihn an, keine Antwort, er röchelt nur noch. Er lauft nach den Aerzten, nach Alberten. Lotte hörte die Schelle ziehen, ein Zittern ergreift all ihre Glieder, sie wekt ihren Mann, sie stehen auf, der Bediente bringt heulend und stotternd die Nachricht, Lotte sinkt ohnmächtig vor Alberten nieder.

Als der Medikus zu dem Unglüklichen kam, fand er ihn an der Erde ohne Rettung, der Puls schlug, die Glieder waren alle gelähmt, über dem rechten Auge hatte er sich durch den Kopf geschossen, das Gehirn war herausgetrieben. Man ließ ihm zum Ueberflusse eine Ader am Arme, das Blut lief, er holte noch immer Athem.

Aus dem Blut auf der Lehne des Sessels konnte man schliessen, er habe sizzend vor dem Schreibtische die That vollbracht. Dann ist er herunter gesunken, hat sich konvulsivisch um den Stuhl herum gewälzt, er lag gegen das Fenster entkräftet auf dem Rükken, war in völliger Kleidung gestiefelt, im blauen Frak mit gelber Weste.

Das Haus, die Nachbarschaft, die Stadt kam in Aufruhr. Albert trat herein. Werthern hatte man auf's Bett gelegt, die Stirne verbunden, sein Gesicht schon wie eines Todten, er rührte kein Glied, die Lunge röchelte noch fürchterlich bald schwach bald stärker, man erwartete sein Ende.

Von dem Weine hatte er nur ein Glas getrunken. Emilia Galotti lag auf dem Pulte aufgeschlagen.

Von Alberts Bestürzung, von Lottens Jammer laßt mich nichts sagen.

Der alte Amtmann kam auf die Nachricht hereingesprengt, er küßte den Sterbenden unter den heissesten Thränen. Seine ältsten Söhne kamen bald nach ihm zu Fusse, sie fielen neben dem Bette nieder im Ausdruk des unbändigsten Schmerzens, küßten ihm die Hände und den Mund, und der ältste, den er immer am meisten geliebt, hing an seinen Lippen, bis er verschieden war und man den Knaben mit Gewalt wegriß. Um zwölfe Mittags starb er. Die Gegenwart des Amtmanns und seine Anstalten tischten einen Auflauf. Nachts gegen eilfe ließ er ihn an die Stätte begraben, die er sich erwählt hatte, der Alte folgte der Leiche und die Söhne. Albert vermochts nicht. Man fürchtete für Lottens Leben. Handwerker trugen ihn. Kein Geistlicher hat ihn begleitet.

Winterfreuden

»So fuhr ich sorglos auf und ab«

Ein sehr harter Winter hatte den Main völlig mit Eis bedeckt und in einen festen Boden verwandelt. Der lebhafteste, notwendige und lustig gesellige Verkehr regte sich auf dem Eise. Grenzenlose Schrittschuhbahnen, glattgefrorne weite Stellen wimmelten von bewegter Versammlung. Ich fehlte nicht vom frühen Morgen an und war also, wie späterhin meine Mutter, dem Schauspiel zuzusehen, angefahren kam, als leichtgekleidet wirklich durchgefroren. Sie saß im Wagen in ihrem roten Sammetpelze, der, auf der Brust mit starken goldnen Schnüren und Quasten zusammengehalten, ganz stattlich aussah. »Geben Sie mir, liebe Mutter, Ihren Pelz!« rief ich aus dem Stegreife, ohne mich weiter besonnen zu haben, »mich friert grimmig.« Auch sie bedachte nichts weiter; im Augenblick hatte ich den Pelz an, der, purpurfarb bis an die Waden reichend, mit Zobel verbrämt und mit Gold geschmückt, zu der braunen Pelzmütze, die ich trug, gar nicht übel kleidete. So fuhr ich sorglos auf und ab, auch war das Gedränge so groß, daß man die seltene Erscheinung nicht einmal sonderlich bemerkte, obschon einigermaßen; denn man rechnete mir sie später unter meinen Anomalien im Ernst und Scherze wohl einmal wieder vor.

»Ein Göttersohn auf dem Eiß« –
Bettine Brentano an Johann Wolfgang Goethe

[28. November 1810]

[…] an einem hellen Wintertag, an dem Deine Mutter Gäste hatte, machtest Du ihr den Vorschlag, mit den Fremden an den Mein zu fahren: »Mutter, sie hat mich ja doch noch nicht Schlittschue laufen sehen, und das Wetter ist heut so schön pp – Ich zog meinen karmesinrothen Pelz an, der einen langen Schlepp hatte und vorn herunter mit goldnen Spangen zugemacht war, und so fahren wir denn hinaus: da schleift mein Sohn herum wie ein Pfeil zwischen den andern durch, die Luft hatte ihm die Backen roht gemacht und der Puder war aus seinen braunen Haaren geflogen; wie er nun den karmesinrothen Pelz sieht, kommt er herbei an die Kutsch und lacht mich ganz freundlich an. – nun was willst Du? sag ich. Ey Mutter, Sie hat ja doch nicht kalt im Wagen, geb Sie mir ihren Sammetrock! – Du wirst ihn doch nit gar anziehen wollen? – freilich will ich ihn anziehen. ich zieh halt meinen prächtig warmen Rock aus, er zieht ihn an, schlägt die Schleppe über den Arm, und da fährt er hin, wie ein Göttersohn auf dem Eiß. Bettine, wenn Du ihn gesehen hättest!! – So was schönes giebts nicht mehr. – ich klatschte in die Hände vor Lust! mein Lebtag seh ich noch, wie er dem einen Brückenbogen hinaus und dem andern wieder herein lief, und wie da der Wind ihm den Schlepp lang hinten nach trug«.

Harzreise im Winter

Dem Geier gleich,
Der auf schweren Morgenwolken
Mit sanftem Fittich ruhend
Nach Beute schaut,
Schwebe mein Lied.

Denn ein Gott hat
Jedem seine Bahn
Vorgezeichnet,
Die der Glückliche
Rasch zum freudigen
Ziele rennt;
Wem aber Unglück
Das Herz zusammenzog,
Er sträubt vergebens
Sich gegen die Schranken
Des ehernen Fadens,
Den die doch bittre Schere
Nur einmal löst.

In Dickichtsschauer
Drängt sich das rauhe Wild,
Und mit den Sperlingen
Haben längst die Reichen
In ihre Sümpfe sich gesenkt.
Leicht ist's, folgen dem Wagen,
Den Fortuna führt,
Wie der gemächliche Troß
Auf gebesserten Wegen
Hinter des Fürsten Einzug.

Aber abseits, wer ist's?
Ins Gebüsch verliert sich sein Pfad,
Hinter ihm schlagen
Die Sträuche zusammen,
Das Gras steht wieder auf,
Die Öde verschlingt ihn.

Ach, wer heilet die Schmerzen
Des, dem Balsam zu Gift ward?
Der sich Menschenhaß
Aus der Fülle der Liebe trank.
Erst verachtet, nun ein Verächter,
Zehrt er heimlich auf
Seinen eignen Wert
In ungnügender Selbstsucht.

Ist auf deinem Psalter,
Vater der Liebe, ein Ton
Seinem Ohre vernehmlich,
So erquicke sein Herz!
Öffne den umwölkten Blick
Über die tausend Quellen
Neben dem Durstenden
In der Wüste!

Der du der Freuden viel schaffst,
Jedem ein überfließend Maß,
Segne die Brüder der Jagd
Auf der Fährte des Wilds
Mit jugendlichem Übermut
Fröhlicher Mordsucht,
Späte Rächer des Unbills,
Dem schon Jahre vergeblich
Wehrt mit Knütteln der Bauer.

Aber den Einsamen hüll'
In deine Goldwolken,
Umgib mit Wintergrün,
Bis die Rose wieder heranreift,
Die feuchten Haare,
O Liebe, deines Dichters!

Mit der dämmernden Fackel
Leuchtest du ihm
Durch die Furten bei Nacht,
Über grundlose Wege
Auf öden Gefilden,
Mit dem tausendfarbigen Morgen
Lachst du ins Herz ihm;
Mit dem beizenden Sturm
Trägst du ihn hoch empor.
Winterströme stürzen vom Felsen
In seine Psalmen,
Und Altar des lieblichsten Danks
Wird ihm des gefürchteten Gipfels
Schneebehangner Scheitel,
Den mit Geisterreihen
Kränzten ahnende Völker.

Du stehst mit unerforschtem Busen
Geheimnisvoll-offenbar
Über der erstaunten Welt
Und schaust aus Wolken
Auf ihre Reiche und Herrlichkeit,
Die du aus den Adern deiner Brüder
Neben dir wässerst.

Winter

84

Wasser ist Körper und Boden der Fluß. Das neuste Theater
Tut in der Sonne Glanz zwischen den Ufern sich auf.

85

Wahrlich, es scheint nur ein Traum! Bedeutende Bilder des Lebens
Schweben, lieblich und ernst, über die Fläche dahin.

86

Eingefroren sahen wir so Jahrhunderte starren,
Menschengefühl und Vernunft schlich nur verborgen am Grund.

87

Nur die Fläche bestimmt die kreisenden Bahnen des Lebens;
Ist sie glatt, so vergißt jeder die nahe Gefahr.

88

Alle streben und eilen und suchen und fliehen einander;
Aber alle beschränkt freundlich die glättere Bahn.

89

Durcheinander gleiten sie her, die Schüler und Meister,
Und das gewöhnliche Volk, das in der Mitte sich hält.

90

Jeder zeigt hier, was er vermag; nicht Lob und nicht Tadel
Hielte diesen zurück, förderte jenen zum Ziel.

91

Euch, Präkonen des Pfuschers, des Meisters Verkleinerer, wünscht ich
Mit ohnmächtiger Wut stumm hier am Ufer zu sehn.

92

Lehrling, du schwankest und zauderst und scheuest die glättere Fläche.
Nur gelassen! du wirst einst noch die Freude der Bahn.

93

Willst du schon zierlich erscheinen und bist nicht sicher? Vergebens!
Nur aus vollendeter Kraft blicket die Anmut hervor.

94

Fallen ist der Sterblichen Los. So fällt hier der Schüler
Wie der Meister; doch stürzt dieser gefährlicher hin.

95

Stürzt der rüstigste Läufer der Bahn, so lacht man am Ufer,
Wie man bei Bier und Tabak über Besiegte sich hebt.

96

Gleite fröhlich dahin, gib Rat dem werdenden Schüler,
Freue des Meisters dich, und so genieße des Tags.

97

Siehe, schon nahet der Frühling; das strömende Wasser verzehret
Unten, der sanftere Blick oben der Sonne das Eis.

98

Dieses Geschlecht ist hinweg, zerstreut die bunte Gesellschaft;
Schiffern und Fischern gehört wieder die wallende Flut.

99

Schwimme, du mächtige Scholle, nur hin! und kommst du als Scholle
Nicht hinunter, du kommst doch wohl als Tropfen ins Meer.

Christiane Vulpius an Johann Wolfgang Goethe

[Weimar, 24. November 1798.]

Ich danke Dir vor das Rehebrätchen. Itzo gehen bei uns die Winterfreuden an, und ich will mir sie durch nichts lassen verbittern. Die Weimarer thäten es gerne, aber ich achte auf nichts. Ich habe Dich lieb und ganz allein lieb, sorge für mein Bübchen und halte mein Hauswesen in Ordnung, und mache mich lustig. Aber sie können einen gar nicht in Ruhe lassen. Vorgestern in [der] Komödie kommt Meisel und fragt mich ohne Umstände, ob es wahr wär, daß Du heurathst, Du schafftest Dir ja schon Kutsche und Pferde an. Ich wurde den Augenblick so böse, daß ich ihm eine recht malicieuse Antwort gab, und ich bin überzeugt, der fragt mich nicht wieder. Weil [ich] aber immer daran denke, so habe ich heute Nacht davon geträumt. Das war ein schlimmer Traum, den muß ich Dir, wenn Du kommst, erzählen. Ich habe dabei so geweint und laut geschrien, daß mich Ernestine aufgeweckt hat, und da war mein ganzes Kopfkissen naß. Ich bin sehr froh, daß es nur ein Traum war. Und Dein lieber Brief macht mich wieder froh und zufrieden. Es gibt recht gutes Eis, und ich will wieder Schrittschuh fahren, und morgen wollen mir mit auf dem Schlitten nach Kötschau fahren, ich, Ernestine, Matiegzek und die Bohlin. Und hernach fahren die Freunde nach Jena und wir nach Weimar. Auf die Redoute freuen mir uns sehr. Wenn Du hier wärst, wäre uns freilich noch lieber; aber da ich höre, daß es Dir mit Deinen Arbeiten gut gehet, das ist besser als Redouten-Freude, weil ich weiß, wenn es Dir mit Deiner Arbeit gut geht, Du auch recht vergnügt wiederkömmst. Und dann wollen mir sehr vergnügt zusammen sein. Aber allem Anschein nach kriegen mir einen starken Winter, denn hier liegt der Schnee schon eine Elle hoch. Leb wohl und behalte mich lieb.

Die Matiegzek empfiehlt sich bestens; und auf den Mittewoch

ist die ›Zauberflöte‹, und den Sonnabend nach der Redoute und auf den Montag wollen mir das Pannier-Kleid ausnähen[?].

[Beilage: August Goethe]

Lieber Vater!

Am Donnerstage bin ich zum ersten Mal auf dem Eise gewesen und habe von halb 2 bis halb 3 Uhr mit Herrn Eifert gefahren. Der Schwansee trug aber noch nicht so, daß man ganz um denselben hätte fahren können, wir fuhren daher bloß von dem Häuschen bis herunter an den Baumgarten, so weit die Bahn ging. Auch gestern habe ich von 4 bis 5 Uhr gefahren, ich bin aber noch nicht um den Teich oft herum gekommen, weil noch keine Bahn gekehrt war und es mir zu sauer wurde, im Schnee zu fahren. Herr Eifert will nun alle Tage, wenn es gefroren ist, mit mir fahren und zwar allemal von 1 bis 2 Uhr, weil es da am schönsten ist und ich um diese Zeit eben keine Lernstunde versäume. Ich bekomme morgen ein paar Frieshosen und eine Pelzjacke, worauf ich mich sehr freue. Leben Sie wohl und behalten Sie mich lieb. Weimar, den 24. November 1798. August Goethe.

*

[Weimar, 27. November 1798.]

Deinen lieben Brief habe ich in Weimar erhalten Weil nichts aus unsrer Fahrt nach Kötschau geworden ist. Die Verliebten hatten übele Laune, und allein wollt ich nicht; da sind mir bloß hier herumgefahren. Aber ich bin sehr froh, daß ich nicht von den Launen so eines ehrbarlichen Liebhabers abhänge. Denn es ist was Elendes, so eine lange Liebschaft. Wir waren auch durch diesen Brief, den ich Dir hier mitschicke, auf heute zu einer Schlittenfahrt eingeladen, aber ich habe es gleich abgeschlagen. Die Bohlen aber und die Glüsingen sind nüber und können auf Schmutz fahren. Wenn Du was zu bestellen hast, die Bohlen fährt morgen wieder rüber; sie ist bei der Schütz. Den Herrn Richter habe ich, seitdem er sich in Jena ein Räuschchen getrunken hat und sich in die Madame Mereau verliebt, nicht gesehen. Daß es Dir gut geht, das freut mich; wenn Du mir aber schreiben würdest, daß Du kämst, so will ich mich auch recht freuen. Weil Dir meine Würste geschmecket haben, so schicke ich Dir wieder etwas. Leb wohl und habe Deinen Schatz lieb.

[Beilage: August Goethe]

Lieber Vater!

Nun ist die Lust auf dem Eise schon wieder zu Ende, alles ist aufgethauet, und man sieht fast keinen Schnee mehr. Am Montage nach Mittag habe ich das letzte Mal gefahren, ich bin aber da meinem Versprechen untreu geworden, denn statt daß ich mich nur jedesmal, wie ich mir vor kurzem vornahm, eine Stunde auf dem Eise aufhalten wollte, habe ich an diesem Tage 2 Stunden von 2 bis 4 Uhr gefahren. Ich würde dieß aber gewiß nicht gethan haben, wenn meine liebe Mutter nicht auch auf dem Eise gewesen wäre, von welcher ich mich nicht gern trennen wollte. Von einem Geschenke, das mir Herr Meyer von Jena gemacht hat, will ich Ihnen bald Nachricht geben. Leben Sie wohl und behalten Sie mich lieb. Aug. Goethe.

Weihnachten in Italien

»Man merkt den Winter nicht«

[Rom, den 13. Dezember.]

Dieser Brief kommt euch zum neuen Jahre, alles Glück zum Anfange, vor Ende sehn wir uns wieder, und das wird keine geringe Freude sein. Das vergangene war das wichtigste meines Lebens; ich mag nun sterben oder noch eine Weile dauern, in beiden Fällen war es gut. Jetzt noch ein Wort an die Kleinen.

Den Kindern mögt ihr folgendes lesen oder erzählen: Man merkt den Winter nicht, die Gärten sind mit immergrünen Bäumen bepflanzt, die Sonne scheint hell und warm, Schnee sieht man nur auf den entferntesten Bergen gegen Norden. Die Zitronenbäume, die in den Gärten an den Wänden gepflanzt sind, werden nun nach und nach mit Decken von Rohr überdeckt, die Pomeranzenbäume aber bleiben frei stehen. Es hängen viele Hunderte der schönsten Früchte an so einem Baum, der nicht wie bei uns beschnitten und in einen Kübel gepflanzt ist, sondern in der Erde frei und froh in einer Reihe mit seinen Brüdern steht. Man kann sich nichts Lustigeres denken als einen solchen Anblick. Für ein geringes Trinkgeld ißt man deren so viel man will. Sie sind schon jetzt recht gut, im März werden sie noch besser sein.

Neulich waren wir am Meere und ließen einen Fischzug tun; da kamen die wunderlichsten Gestalten zum Vorschein, an Fischen, Krebsen und seltsamen Unformen; auch der Fisch, der dem Berührenden einen elektrischen Schlag gibt.

Christnacht in Rom

Den 6. Januar.

Daß ich auch einmal wieder von kirchlichen Dingen rede, so will ich erzählen, daß wir die Christnacht herumschwärmten und die Kirchen besuchten, wo Funktionen gehalten werden. Eine besonders ist sehr besucht, deren Orgel und Musik überhaupt so eingerichtet ist, daß zu einer Pastoralmusik nichts an Klängen abgeht, weder die Schalmeien der Hirten, noch das Zwitschern der Vögel, noch das Blöken der Schafe.

Am ersten Christfeste sah ich den Papst und die ganze Klerisei in der Peterskirche, da er zum Teil vor dem Thron, zum Teil vom Thron herab das Hochamt hielt. Es ist ein einziges Schauspiel in seiner Art, prächtig und würdig genug, ich bin aber im protestantischen Diogenismus so alt geworden, daß mir diese Herrlichkeit mehr nimmt als gibt; ich möchte auch wie mein frommer Vorfahre zu diesen geistlichen Weltüberwindern sagen: »Verdeckt mir doch nicht die Sonne höherer Kunst und reiner Menschheit.«

Heute, als am Dreikönigsfeste, habe ich die Messe nach griechischem Ritus vortragen sehen und hören. Die Zeremonien scheinen mir stattlicher, strenger, nachdenklicher und doch populärer als die lateinischen.

Auch da hab' ich wieder gefühlt, daß ich für alles zu alt bin, nur fürs Wahre nicht. Ihre Zeremonien und Opern, ihre Umgänge und Ballette, es fließt alles wie Wasser von einem Wachstuchmantel an mir herunter. Eine Wirkung der Natur hingegen wie der Sonnenuntergang, von Villa Madama gesehen, ein Werk der Kunst wie die viel verehrte Juno machen tiefen und bleibenden Eindruck,

Nun graut mir schon vor dem Theaterwesen. Die nächste Woche werden sieben Bühnen eröffnet. Anfossi ist selbst hier und gibt »Alexander in Indien«; auch wird ein »Cyrus« gegeben und die »Eroberung von Troja« als Ballett. Das wäre was für die Kinder.

»Fast über den Papst gefallen«

An Friedrich v. Stein Rom, den 4. Januar 1787.

In meinen weiten Mantel eingewickelt, und meinen Feuernapf bei mir, schreib ich dir, mein lieber Fritz, denn in meiner Stube ist weder Ofen noch Kamin, und seit gestern weht ein Nordwind. Das Wetter ist schön und man geht gern auf den trocknen Straßen spazieren.

Nun muß ich dir allerlei Geschichten erzählen. Neulich sind wir in der Peterskirche fast (wie man zu sagen pflegt) über den Papst gefallen. Wir gingen nach Tische in der Kirche herum und besahen die schönen Steinarten, womit alles ausgeziert ist. Tischbein zeigte mir eben einen vorzüglich schön gezeichneten Alabaster (eigentlich Kalkspat) an einem Grabmale, als ich ihm auf einmal in die Ohren sagte: *da ist der Papst.* Ihro Heiligkeit knieten wirklich in langem weißem Gewande mit der roten Schnur an einem Pfeiler und beteten. Die Monsignores vom Gefolge, davon einer den roten goldbesetzten Hut hielt, standen mit ihren Brevieren nicht weit davon und sprachen miteinander, und anstatt einer feierlichen Stille machten die Leute, welche in der Peterskirche zu reinigen haben, einen Lärm auf den andern, damit der Papst sie und ihren Fleiß bemerken sollte, denn wie er weg war, feierten sie auch wieder.

Wenn man dem Papst begegnet, es sei wo es wolle, so kniet man nieder um den Segen zu empfangen. Er hat keinen Bart, sondern sieht aus wie die Paste, die du kennst, nur daß er älter. Hier trägt niemand einen Bart als die griechischen Priester und die Kapuziner.

»Eine der bedeutendsten Unterhaltungen hoher und reicher Familien«

[Neapel, den 27. Mai 1787.]

Hier ist der Ort, noch einer andern entschiedenen Liebhaberei der Neapolitaner überhaupt zu gedenken. Es sind die Krippchen (presepe), die man zu Weihnachten in allen Kirchen sieht, eigentlich die Anbetung der Hirten, Engel und Könige vorstellend, mehr oder weniger vollständig, reich und kostbar zusammen gruppiert. Diese Darstellung ist in dem heitern Neapel bis auf die flachen Hausdächer gestiegen; dort wird ein leichtes hüttenartiges Gerüste erbaut, mit immergrünen Bäumen und Sträuchen aufgeschmückt. Die Mutter Gottes, das Kind und die sämtlichen Umstehenden und Umschwebenden, kostbar ausgeputzt, auf welche Garderobe das Haus große Summen verwendet. Was aber das Ganze unnachahmlich verherrlicht, ist der Hintergrund, welcher den Vesuv mit seinen Umgebungen einfaßt.

Da mag man nun manchmal auch lebendige Figuren zwischen die Puppen mit eingemischt haben, und nach und nach ist eine der bedeutendsten Unterhaltungen hoher und reicher Familien geworden, zu ihrer Abendergötzung auch weltliche Bilder, sie mögen nun der Geschichte oder der Dichtkunst angehören, in ihren Palästen aufzuführen.

»Die Weihnachtsfeiertage, als Schmausfeste berühmt«

[Neapel, den 29. Mai 1787.]

Es ist keine Jahreszeit, wo man sich nicht überall von Eßwaren umgeben sähe, und der Neapolitaner freut sich nicht allein des Essens, sondern er will auch, daß die Ware zum Verkauf schön aufgeputzt sei.

Bei Santa Lucia sind die Fische nach ihren Gattungen meist in reinlichen und artigen Körben, Krebse, Austern, Scheiden, kleine Muscheln, jedes besonders aufgetischt und mit grünen Blättern unterlegt. Die Läden von getrocknetem Obst und Hülsenfrüchten sind auf das mannigfaltigste herausgeputzt. Die ausgebreiteten Pomeranzen und Zitronen von allen Sorten, mit dazwischen hervorstechendem grünem Laub, dem Auge sehr erfreulich. Aber nirgends putzen sie mehr als bei den Fleischwaren, nach welchen das Auge des Volks besonders lüstern gerichtet ist, weil der Appetit durch periodisches Entbehren nur mehr gereizt wird.

In den Fleischbänken hängen die Teile der Ochsen, Kälber, Schöpse niemals aus, ohne daß neben dem Fett zugleich die Seite oder die Keule stark vergoldet sei. Es sind verschiedne Tage im Jahr, besonders die Weihnachtsfeiertage, als Schmausfeste berühmt; alsdann feiert man eine allgemeine Cocagna, wozu sich fünfhunderttausend Menschen das Wort gegeben haben. Dann ist aber auch die Straße Toledo und neben ihr mehrere Straßen und Plätze auf das appetitlichste verziert. Die Butiken, wo grüne Sachen verkauft werden, wo Rosinen, Melonen und Feigen aufgesetzt sind, erfreuen das Auge auf das allerangenehmste. Die Eßwaren hängen in Girlanden über die Straßen hinüber; große Paternoster von vergoldeten, mit roten Bändern geschnürten Würsten; welsche Hähne, welche alle eine rote Fahne unter dem Bürzel stecken haben. Man versicherte, daß deren dreißigtausend verkauft worden, ohne die zu rechnen, welche die Leute im

Hause gemästet hatten. Außer diesem werden noch eine Menge Esel, mit grüner Ware, Kapaunen und jungen Lämmern beladen, durch die Stadt und über den Markt getrieben, und die Haufen Eier, welche man hier und da sieht, sind so groß, daß man sich ihrer niemals so viel beisammen gedacht hat. Und nicht genug, daß alles dieses verzehret wird: alle Jahre reitet ein Polizeidiener mit einem Trompeter durch die Stadt und verkündet auf allen Plätzen und Kreuzwegen, wieviel tausend Ochsen, Kälber, Lämmer, Schweine u. s. w. der Neapolitaner verzehrt habe. Das Volk höret aufmerksam zu, freut sich unmäßig über die großen Zahlen, und jeder erinnert sich des Anteils an diesem Genusse mit Vergnügen.

»Unter Donner und Blitzen geboren«

Rom, den 25. Dezember.

Diesmal ist Christus unter Donner und Blitzen geboren worden, wir hatten gerade um Mitternacht ein starkes Wetter.

Der Glanz der größten Kunstwerke blendet mich nicht mehr, ich wandle nun im Anschauen, in der wahren unterscheidenden Erkenntnis. Wieviel ich hierin einem stillen, einsam fleißigen Schweizer, namens Meyer, schuldig bin, kann ich nicht sagen. Er hat mir zuerst die Augen über das Detail, über die Eigenschaften der einzelnen Formen aufgeschlossen, hat mich in das eigentliche Machen initiiert. Er ist in wenigem genügsam und bescheiden. Er genießt die Kunstwerke eigentlich mehr als die großen Besitzer, die sie nicht verstehen, mehr als andere Künstler, die zu ängstlich von der Nachahmungsbegierde des Unerreichbaren getrieben werden. Er hat eine himmlische Klarheit der Begriffe und eine englische Güte des Herzens. Er spricht niemals mit mir, ohne daß ich alles aufschreiben möchte, was er sagt, so bestimmt, richtig, die einzige wahre Linie beschreibend sind seine Worte. Sein Unterricht gibt mir, was mir kein Mensch geben konnte, und seine Entfernung wird mir unersetzlich bleiben. In seiner Nähe, in einer Reihe von Zeit hoffe ich noch auf einen Grad im Zeichnen zu kommen, den ich mir jetzt selbst kaum denken darf. Alles, was ich in Deutschland lernte, vornahm, dachte, verhält sich zu seiner Leitung wie Baumrinde zum Kern der Frucht. Ich habe keine Worte, die stille, wache Seligkeit auszudrücken, mit der ich nun die Kunstwerke zu betrachten anfange; mein Geist ist erweitert genug, um sie zu fassen, und bildet sich immer mehr aus, um sie eigentlich schätzen zu können.

Die Heilige Familie

Die Flucht nach Ägypten

Im Schatten eines mächtigen Felsen saß Wilhelm an grauser, bedeutender Stelle, wo sich der steile Gebirgsweg um eine Ecke herum schnell nach der Tiefe wendete. Die Sonne stand noch hoch und erleuchtete die Gipfel der Fichten in den Felsengründen zu seinen Füßen. Er bemerkte eben etwas in seine Schreibtafel, als Felix, der umhergeklettert war, mit einem Stein in der Hand zu ihm kam. »Wie nennt man diesen Stein, Vater?« sagte der Knabe.

»Ich weiß nicht«, versetzte Wilhelm.

»Ist das wohl Gold, was darin so glänzt?« sagte jener.

»Es ist keins!« versetzte dieser, »und ich erinnere mich, daß es die Leute Katzengold nennen.«

»Katzengold!« sagte der Knabe lächelnd, »und warum?«

»Wahrscheinlich weil es falsch ist und man die Katzen auch für falsch hält.«

»Das will ich mir merken«, sagte der Sohn und steckte den Stein in die lederne Reisetasche, brachte jedoch sogleich etwas anders hervor und fragte: »Was ist das?« – »Eine Frucht«, versetzte der Vater, »und nach den Schuppen zu urteilen, sollte sie mit den Tannenzapfen verwandt sein.« – »Das sieht nicht aus wie ein Zapfen, es ist ja rund.« – »Wir wollen den Jäger fragen; die kennen den ganzen Wald und alle Früchte, wissen zu säen, zu pflanzen und zu warten, dann lassen sie die Stämme wachsen und groß werden, wie sie können.« – »Die Jäger wissen alles; gestern zeigte mir der Bote, wie ein Hirsch über den Weg gegangen sei, er rief mich zurück und ließ mich die Fährte bemerken, wie er es nannte; ich war darüber weggesprungen, nun aber sah ich deutlich ein paar Klauen eingedrückt; es mag ein großer Hirsch gewesen sein.« – »Ich hörte wohl, wie du den Boten ausfragtest.« – »Der wußte viel und ist doch kein Jäger. Ich aber will ein Jäger werden. Es ist gar zu schön, den ganzen Tag im Walde zu sein und die Vögel zu hören, zu wissen, wie sie heißen, wo ihre Nester sind, wie man die Eier aushebt oder die Jungen, wie man sie füttert und wenn man die Alten fängt: das ist gar zu lustig.«

Kaum war dieses gesprochen, so zeigte sich den schroffen Weg herab eine sonderbare Erscheinung. Zwei Knaben, schön wie der Tag, in farbigen Jäckchen, die man eher für aufgebundene Hemdchen gehalten hätte, sprangen einer nach dem andern herunter, und Wilhelm fand Gelegenheit, sie näher zu betrachten, als sie vor ihm stutzten und einen Augenblick stillhielten. Um des ältesten Haupt bewegten sich reiche blonde Locken, auf welche man zuerst blicken mußte, wenn man ihn sah, und dann zogen seine klarblauen Augen den Blick an sich, der sich mit Gefallen über seine schöne Gestalt verlor. Der zweite, mehr einen Freund als einen Bruder vorstellend, war mit braunen und schlichten Haaren geziert, die ihm über die Schultern herabhingen und wovon der Widerschein sich in seinen Augen zu spiegeln schien.

Wilhelm hatte nicht Zeit, diese beiden sonderbaren und in der Wildnis ganz unerwarteten Wesen näher zu betrachten, indem er eine männliche Stimme vernahm, welche um die Felsecke herum ernst, aber freundlich herabrief: »Warum steht ihr stille? versperrt uns den Weg nicht!«

Wilhelm sah aufwärts, und hatten ihn die Kinder in Verwunderung gesetzt, so erfüllte ihn das, was ihm jetzt zu Augen kam, mit Erstaunen. Ein derber, tüchtiger, nicht allzu großer junger Mann, leicht geschürzt, von brauner Haut und schwarzen Haaren, trat kräftig und sorgfältig den Felsweg herab, indem er hinter sich einen Esel führte, der erst sein wohlgenährtes und wohlgeputztes Haupt zeigte, dann aber die schöne Last, die er trug, sehen ließ. Ein sanftes, liebenswürdiges Weib saß auf einem großen, wohlbeschlagenen Sattel; in einem blauen Mantel, der sie umgab, hielt sie ein Wochenkind, das sie an ihre Brust drückte und mit unbeschreiblicher Lieblichkeit betrachtete. Dem Führer ging's wie den Kindern: er stutzte einen Augenblick, als er Wilhelmen erblickte. Das Tier verzögerte seinen Schritt, aber der Abstieg war zu jäh, die Vorüberziehenden konnten nicht anhalten, und Wilhelm sah sie mit Verwunderung hinter der vorstehenden Felswand verschwinden.

Nichts war natürlicher, als daß ihn dieses seltsame Gesicht aus seinen Betrachtungen riß. Neugierig stand er auf und blickte von seiner Stelle nach der Tiefe hin, ob er sie nicht irgend wieder hervorkommen sähe. Und eben war er im Begriff, hinabzusteigen und diese sonderbaren Wandrer zu begrüßen, als Felix heraufkam und sagte: »Vater, darf ich nicht mit diesen Kindern in ihr Haus? Sie wollen mich mitnehmen. Du sollst auch mitgehen, hat der Mann zu mir gesagt. Komm! dort unten halten sie.«

»Ich will mit ihnen reden«, versetzte Wilhelm.

Er fand sie auf einer Stelle, wo der Weg weniger abhängig war, und verschlang mit den Augen die wunderlichen Bilder, die seine Aufmerksamkeit so sehr an sich gezogen hatten. Erst jetzt war es ihm möglich, noch einen und den andern besondern Umstand zu bemerken. Der junge, rüstige Mann hatte wirklich eine Polieraxt auf der Schulter und ein langes, schwankes eisernes Winkelmaß. Die Kinder trugen große Schilfbüschel, als wenn es Palmen wären; und wenn sie von dieser Seite den Engeln glichen, so schleppten sie auch wieder kleine Körbchen mit Eßwaren und glichen dadurch den täglichen Boten, wie sie über das Gebirg hin und her zu gehen pflegen. Auch hatte die Mutter, als er sie näher betrachtete, unter dem blauen Mantel ein rötliches, zart gefärbtes Unterkleid, so daß unser Freund die Flucht nach Ägypten, die er so oft gemalt gesehen, mit Verwunderung hier vor seinen Augen wirklich finden mußte.

Man begrüßte sich, und indem Wilhelm vor Erstaunen und Aufmerksamkeit nicht zu Wort kommen konnte, sagte der junge Mann: »Unsere Kinder haben in diesem Augenblicke schon Freundschaft gemacht. Wollt Ihr mit uns, um zu sehen, ob auch zwischen den Erwachsenen ein gutes Verhältnis entstehen könne?«

Wilhelm bedachte sich ein wenig und versetzte dann: »Der Anblick eures kleinen Familienzuges erregt Vertrauen und Neigung und, daß ich's nur gleich gestehe, ebensowohl Neugierde und ein lebhaftes Verlangen, euch näher kennen zu lernen. Denn im ersten Augenblicke möchte man bei sich die Frage aufwerfen, ob ihr wirkliche Wanderer oder ob ihr nur Geister seid, die sich ein Vergnügen daraus machen, dieses unwirtbare Gebirg durch angenehme Erscheinungen zu beleben.«

»So kommt mit in unsere Wohnung«, sagte jener. »Kommt mit!« riefen die Kinder, indem sie den Felix schon mit sich fortzogen. »Kommt mit!« sagte die Frau, indem sie ihre liebenswürdige Freundlichkeit von dem Säugling ab auf den Fremdling wendete.

Ohne sich zu bedenken, sagte Wilhelm: »Es tut mir leid, daß ich euch nicht sogleich folgen kann. Wenigstens diese Nacht noch muß ich oben auf dem Grenzhause zubringen. Mein Mantelsack, meine Papiere, alles liegt noch oben, ungepackt und unbesorgt. Damit ich aber Wunsch und Willen beweise, eurer freundlichen Einladung genugzutun, so gebe ich euch meinen Felix zum Pfande mit. Morgen bin ich bei euch. Wie weit ist's hin?«

»Vor Sonnenuntergang erreichen wir noch unsere Wohnung«, sagte der Zimmermann, »und von dem Grenzhause habt Ihr nur noch anderthalb Stunden. Euer Knabe vermehrt unsern Haushalt für diese Nacht; morgen erwarten wir Euch.«

Der Mann und das Tier setzten sich in Bewegung. Wilhelm sah seinen Felix mit Behagen in so guter Gesellschaft, er konnte ihn mit den lieben Engelein vergleichen, gegen die er kräftig abstach. Für seine Jahre war er nicht groß, aber stämmig, von breiter Brust und kräftigen Schultern; in seiner Natur war ein eigenes Gemisch von Herrschen und Dienen; er hatte schon einen Palmzweig und ein Körbchen ergriffen, womit er beides auszusprechen schien. Schon drohte der Zug abermals um eine Felswand zu verschwinden, als sich Wilhelm zusammennahm und nachrief: »Wie soll ich euch aber erfragen?«

»Fragt nur nach Sankt Joseph!« erscholl es aus der Tiefe, und die ganze Erscheinung war hinter den blauen Schattenwänden verschwunden. Ein frommer, mehrstimmiger Gesang tönte verhallend aus der Ferne, und Wilhelm glaubte die Stimme seines Felix zu unterscheiden.

Er stieg aufwärts und verspätete sich dadurch den Sonnenuntergang. Das himmlische Gestirn, das er mehr denn einmal verloren hatte, erleuchtete ihn wieder, als er höher trat, und noch war es Tag, als er an seiner Herberge anlangte. Nochmals erfreute er sich der großen Gebirgsansicht und zog sich sodann auf sein Zimmer zurück, wo er sogleich die Feder ergriff und einen Teil der Nacht mit Schreiben zubrachte.

Wilhelm an Natalien

Nun ist endlich die Höhe erreicht, die Höhe des Gebirgs, das eine mächtigere Trennung zwischen uns setzen wird als der ganze Landraum bisher. Für mein Gefühl ist man noch immer in der Nähe seiner Lieben, solange die Ströme von uns zu ihnen laufen. Heute kann ich mir noch einbilden, der Zweig, den ich in den Waldbach werfe, könnte füglich zu ihr hinabschwimmen, könnte in wenigen Tagen vor ihrem Garten landen; und so sendet unser Geist seine Bilder, das Herz seine Gefühle bequemer abwärts. Aber drüben, fürchte ich, stellt sich eine Scheidewand der Einbildungskraft und der Empfindung entgegen. Doch ist das vielleicht nur eine voreilige Besorglichkeit: denn es wird wohl auch drüben nicht anders sein als hier. Was könnte mich von dir scheiden! von dir, der ich auf ewig geeignet bin, wenngleich ein wundersames Geschick mich von dir trennt und mir den Himmel, dem ich so nahe stand, unerwartet zuschließt. Ich hatte Zeit, mich zu fassen, und doch hätte keine Zeit hingereicht, mir diese Fassung zu geben, hätte ich sie nicht aus deinem Munde gewonnen, von deinen Lippen in jenem entscheidenden Moment. Wie hätte ich mich losreißen können, wenn der dauerhafte Faden nicht gesponnen wäre, der uns für die Zeit und für die Ewigkeit verbinden soll. Doch ich darf ja von allem dem nicht reden. Deine zarten Gebote will ich nicht übertreten; auf diesem Gipfel sei es das letztemal, daß ich das Wort Trennung vor dir ausspreche. Mein Leben soll eine Wanderschaft werden. Sonderbare Pflichten des Wanderers habe ich auszuüben und ganz eigene Prüfungen zu bestehen. Wie lächle ich manchmal, wenn ich die Bedingungen durchlese, die mir der Verein, die ich mir selbst vorschrieb! Manches wird gehalten, manches übertreten; aber selbst bei der Übertretung dient mir dies Blatt, dieses Zeugnis von meiner letzten Beichte, meiner letzten Absolution statt eines gebietenden Gewissens, und ich lenke wieder ein. Ich hüte mich, und meine Fehler stürzen sich nicht mehr wie Gebirgswasser einer über den andern.

Doch will ich dir gern gestehen, daß ich oft diejenigen Lehrer und Menschenführer bewundere, die ihren Schülern nur äußere, mechanische Pflichten auflegen. Sie machen sich's und der Welt leicht. Denn gerade diesen Teil meiner Verbindlichkeiten, der mir erst der beschwerlichste, der wunderlichste schien, diesen beobachte ich am bequemsten, am liebsten.

Nicht über drei Tage soll ich unter *einem* Dache bleiben. Keine Herberge soll ich verlassen, ohne daß ich mich wenigstens eine Meile von ihr entferne. Diese Gebote sind wahrhaft geeignet, meine Jahre zu Wanderjahren zu machen und zu verhindern, daß auch nicht die geringste Versuchung des Ansiedelns bei mir sich finde. Dieser Bedingung habe ich mich bisher genau unterworfen, ja mich der gegebenen Erlaubnis nicht einmal bedient. Hier ist eigentlich das erstemal, daß ich stillhalte, das erstemal, daß ich die dritte Nacht in demselben Bette schlafe. Von hier sende ich dir manches bisher Vernommene, Beobachtete, Gesparte, und dann geht es morgen früh auf der andern Seite hinab, fürerst zu einer wunderbaren Familie, zu einer heiligen Familie möchte ich wohl sagen, von der du in meinem Tagebuche mehr finden wirst. Jetzt lebe wohl und lege dieses Blatt mit dem Gefühl aus der Hand, daß es nur eins zu sagen habe, nur *eines* sagen und immer wiederholen möchte, aber es nicht sagen, nicht wiederholen will, bis ich das Glück habe, wieder zu deinen Füßen zu liegen und auf deinen Händen mich über alle das Entbehren auszuweinen.

Morgens.

Es ist eingepackt. Der Bote schnürt den Mantelsack auf das Reff. Noch ist die Sonne nicht aufgegangen, die Nebel dampfen aus allen Gründen; aber der obere Himmel ist heiter. Wir steigen in die düstere Tiefe hinab, die sich auch bald über unserm Haupte erhellen wird. Laß mich mein letztes Ach zu dir hinübersenden! Laß meinen letzten Blick zu dir sich noch mit einer unwillkürlichen Träne füllen! Ich bin entschieden und entschlossen. Du sollst keine Klagen mehr von mir hören; du sollst nur hören, was dem Wanderer begegnet. Und doch kreuzen sich, indem ich schließen will, nochmals tausend Gedanken, Wünsche, Hoffnungen und Vorsätze. Glücklicherweise treibt man mich hinweg. Der Bote ruft, und der Wirt räumt schon wieder auf in meiner Gegenwart, eben als wenn ich hinweg wäre, wie gefühllose, unvorsichtige Erben vor dem Abscheidenden die Anstalten, sich in Besitz zu setzen, nicht verbergen.

Sankt Joseph der Zweite

Schon hatte der Wanderer, seinem Boten auf dem Fuße folgend, steile Felsen hinter und über sich gelassen, schon durchstrichen sie ein sanfteres Mittelgebirg und eilten durch manchen wohlbestandnen Wald, durch manchen freundlichen Wiesengrund immer vorwärts, bis sie sich endlich an einem Abhange befanden und in ein sorgfältig bebautes, von Hügeln rings umschlossenes

Tal hinabschauten. Ein großes, halb in Trümmern liegendes, halb wohlerhaltenes Klostergebäude zog sogleich die Aufmerksamkeit an sich. »Dies ist Sankt Joseph«, sagte der Bote; »jammerschade für die schöne Kirche! Seht nur, wie ihre Säulen und Pfeiler durch Gebüsch und Bäume noch so wohlerhalten durchsehen, ob sie gleich schon viele hundert Jahre im Schutt liegt.«

»Die Klostergebäude hingegen«, versetzte Wilhelm, »sehe ich, sind noch wohl erhalten.« – »Ja«, sagte der andere, »es wohnt ein Schaffner daselbst, der die Wirtschaft besorgt, die Zinsen und Zehnten einnimmt, welche man weit und breit hierher zu zahlen hat.«

Unter diesen Worten waren sie durch das offene Tor in den geräumigen Hof gelangt, der, von ernsthaften, wohlerhaltenen Gebäuden umgeben, sich als Aufenthalt einer ruhigen Sammlung ankündigte. Seinen Felix mit den Engeln von gestern sah er sogleich beschäftigt um einen Tragkorb, den eine rüstige Frau vor sich gestellt hatte; sie waren im Begriff, Kirschen zu handeln; eigentlich aber feilschte Felix, der immer etwas Geld bei sich führte. Nun machte er sogleich als Gast den Wirt, spendete reichliche Früchte an seine Gespielen, selbst dem Vater war die Erquickung angenehm, mitten in diesen unfruchtbaren Mooswäldern, wo die farbigen, glänzenden Früchte noch einmal so schön erschienen. Sie trage solche weit herauf aus einem großen Garten, bemerkte die Verkäuferin, um den Preis annehmlich zu machen, der den Käufern etwas zu hoch geschienen hatte. Der Vater werde bald zurückkommen, sagten die Kinder, er solle nur einstweilen in den Saal gehen und dort ausruhen.

Wie verwundert war jedoch Wilhelm, als die Kinder ihn zu dem Raume führten, den sie den Saal nannten. Gleich aus dem Hofe ging es zu einer großen Tür hinein, und unser Wanderer fand sich in einer sehr reinlichen, wohlerhaltenen Kapelle, die aber, wie er wohl sah, zum häuslichen Gebrauch des täglichen Lebens eingerichtet war. An der einen Seite stand ein Tisch, ein Sessel, mehrere Stühle und Bänke, an der andern Seite ein wohlgeschnitztes Gerüst mit bunter Töpferware, Krügen und Gläsern. Es fehlte nicht an einigen Truhen und Kisten und, so ordentlich alles war, doch nicht an dem Einladenden des häuslichen, täglichen Lebens. Das Licht fiel von hohen Fenstern an der Seite herein. Was aber die Aufmerksamkeit des Wanderers am meisten erregte, waren farbige, auf die Wand gemalte Bilder, die unter den Fenstern in ziemlicher Höhe, wie Teppiche, um drei Teile der Kapelle herumreichten und bis auf ein Getäfel herabgingen, das die übrige Wand bis zur Erde bedeckte. Die Gemälde stellten die Geschichte des heiligen Joseph vor. Hier sah man ihn mit einer Zimmerarbeit beschäftigt; hier begegnete er Marien, und eine Lilie sproßte zwischen beiden aus dem Boden, indem einige Engel sie lauschend umschwebten. Hier wird er getraut; es folgt der englische Gruß. Hier sitzt er mißmutig zwischen angefangener Arbeit, läßt die Axt ruhen und sinnt darauf, seine Gattin zu verlassen. Zunächst erscheint ihm aber der Engel im Traum, und seine Lage ändert sich. Mit Andacht betrachtet er das neugeborene Kind im Stalle zu Bethlehem und betet es an. Bald darauf folgt ein wundersam schönes Bild. Man sieht mancherlei Holz gezimmert; eben soll es zusammengesetzt werden, und zufälligerweise bilden ein paar Stücke ein Kreuz. Das Kind ist auf dem Kreuze eingeschlafen, die Mutter sitzt daneben und betrachtet es mit inniger Liebe, und der Pflegevater hält mit der Arbeit inne, um den Schlaf nicht zu stören. Gleich darauf folgt die Flucht nach Ägypten. Sie erregte bei dem beschauenden Wanderer ein Lächeln, indem er die Wiederholung des gestrigen lebendigen Bildes hier an der Wand sah.

Nicht lange war er seinen Betrachtungen überlassen, so trat der Wirt herein, den er sogleich als den Führer der heiligen Karawane wiedererkannte. Sie begrüßten sich aufs herzlichste, mancherlei Gespräche folgten; doch Wilhelms Aufmerksamkeit blieb auf die Gemälde gerichtet. Der Wirt merkte das Interesse seines Gastes und fing lächelnd an: »Gewiß, Ihr bewundert die Übereinstimmung dieses Gebäudes mit seinen Bewohnern, die Ihr gestern kennenlerntet. Sie ist aber vielleicht noch sonderbarer, als man vermuten sollte: das Gebäude hat eigentlich die Bewohner gemacht. Denn wenn das Leblose lebendig ist, so kann es auch wohl Lebendiges hervorbringen.«

»O ja!« versetzte Wilhelm. »Es sollte mich wundern, wenn der Geist, der vor Jahrhunderten in dieser Bergöde so gewaltig wirkte und einen so mächtigen Körper von Gebäuden, Besitzungen und Rechten an sich zog und dafür mannigfaltige Bildung in der Gegend verbreitete, es sollte mich wundern, wenn er nicht auch aus diesen Trümmern noch seine Lebenskraft auf ein lebendiges Wesen ausübte. Laßt uns jedoch nicht im Allgemeinen verharren, macht mich mit Eurer Geschichte bekannt, damit ich erfahre, wie es möglich war, daß ohne Spielerei und Anmaßung die Vergangenheit sich wieder in Euch darstellt und das, was vorüberging, abermals herantritt.«

Eben als Wilhelm belehrende Antwort von den Lippen seines Wirtes erwartete, rief eine freundliche Stimme im Hofe den Namen Joseph. Der Wirt hörte darauf und ging nach der Tür.

»Also heißt er auch Joseph!« sagte Wilhelm zu sich selbst. »Das ist doch sonderbar genug und doch eben nicht so sonderbar, als daß er seinen Heiligen im Leben darstellt.« Er blickte zu gleicher Zeit nach der Türe und sah die Mutter Gottes von gestern mit dem Manne sprechen. Sie trennten sich endlich: die Frau ging nach der gegenüberstehenden Wohnung. »Marie!« rief er ihr nach, »nur noch ein Wort!« – »Also heißt sie auch Marie!« dachte Wilhelm; »es fehlt nicht viel, so fühle ich mich achtzehnhundert Jahre zurückversetzt.« Er dachte sich das ernsthaft eingeschlossene Tal, in dem er sich befand, die Trümmer und die Stille, und eine wundersam altertümliche Stimmung überfiel ihn. Es war Zeit, daß der Wirt und die Kinder hereintraten. Die letztern forderten Wilhelm zu einem Spaziergange auf, indes der Wirt noch einigen Geschäften vorstehen wollte. Nun ging es durch die Ruinen des säulenreichen Kirchengebäudes, dessen hohe Giebel und Wände sich in Wind und Wetter zu befestigen schienen, indessen sich starke Bäume von alters her auf den breiten Mauerrücken eingewurzelt hatten und in Gesellschaft von mancherlei Gras, Blumen und Moos kühn in der Luft hängende

Gärten vorstellten. Sanfte Wiesenpfade führten einen lebhaften Bach hinan, und von einiger Höhe konnte der Wanderer nun das Gebäude nebst seiner Lage mit so mehr Interesse überschauen, als ihm dessen Bewohner immer merkwürdiger geworden und durch die Harmonie mit ihrer Umgebung seine lebhafteste Neugier erregt hatten.

Man kehrte zurück und fand in dem frommen Saal einen Tisch gedeckt. Obenan stand ein Lehnsessel, in den sich die Hausfrau niederließ. Neben sich hatte sie einen hohen Korb stehen, in welchem das kleine Kind lag; den Vater sodann zur linken Hand und Wilhelm zur rechten. Die drei Kinder besetzten den untern Raum des Tisches. Eine alte Magd brachte ein wohlzubereitetes Essen. Speise- und Trinkgeschirr deuteten gleichfalls auf vergangene Zeit. Die Kinder gaben Anlaß zur Unterhaltung, indessen Wilhelm die Gestalt und das Betragen seiner heiligen Wirtin nicht genugsam beobachten konnte.

Nach Tische zerstreute sich die Gesellschaft; der Wirt führte seinen Gast an eine schattige Stelle der Ruine, wo man von einem erhöhten Platze die angenehme Aussicht das Tal hinab vollkommen vor sich hatte und die Berghöhen des untern Landes mit ihren fruchtbaren Abhängen und waldigen Rücken hintereinander hinausgeschoben sah. »Es ist billig«, sagte der Wirt, »daß ich Ihre Neugierde befriedige, um so mehr, als ich an Ihnen fühle, daß Sie imstande sind, auch das Wunderliche ernsthaft zu nehmen, wenn es auf einem ernsten Grunde beruht. Diese geistliche Anstalt, von der Sie noch die Reste sehen, war der heiligen Familie gewidmet und vor alters als Wallfahrt wegen mancher Wunder berühmt. Die Kirche war der Mutter und dem Sohne geweiht. Sie ist schon seit mehreren Jahrhunderten zerstört. Die Kapelle, dem heiligen Pflegevater gewidmet, hat sich erhalten, so auch der brauchbare Teil der Klostergebäude. Die Einkünfte bezieht schon seit geraumen Jahren ein weltlicher Fürst, der seinen Schaffner hier oben hält, und der bin ich, Sohn des vorigen Schaffners, der gleichfalls seinem Vater in dieser Stelle nachfolgte.

Der heilige Joseph, obgleich jede kirchliche Verehrung hier oben lange aufgehört hatte, war gegen unsere Familie so wohltätig gewesen, daß man sich nicht verwundern darf, wenn man sich besonders gut gegen ihn gesinnt fühlte; und daher kam es, daß man mich in der Taufe Joseph nannte und dadurch gewissermaßen meine Lebensweise bestimmte. Ich wuchs heran, und wenn ich mich zu meinem Vater gesellte, indem er die Einnahmen besorgte, so schloß ich mich ebenso gern, ja noch lieber an meine Mutter an, welche nach Vermögen gern ausspendete und durch ihren guten Willen und durch ihre Wohltaten im ganzen Gebirge bekannt und geliebt war. Sie schickte mich bald da-, bald dorthin, bald zu bringen, bald zu bestellen, bald zu besorgen, und ich fand mich sehr leicht in diese Art von frommem Gewerbe.

Überhaupt hat das Gebirgsleben etwas Menschlicheres als das Leben auf dem flachen Lande. Die Bewohner sind einander näher und, wenn man will, auch ferner; die Bedürfnisse geringer, aber dringender. Der Mensch ist mehr auf sich gestellt, seinen Händen, seinen Füßen muß er vertrauen lernen. Der Arbeiter, der Bote, der Lastträger, alle vereinigen sich in einer Person; auch steht jeder dem andern näher, begegnet ihm öfter und lebt mit ihm in einem gemeinsamen Treiben.

Da ich noch jung war und meine Schultern nicht viel zu schleppen vermochten, fiel ich darauf, einen kleinen Esel mit Körben zu versehen und vor mir her die steilen Fußpfade hinauf und hinab zu treiben. Der Esel ist im Gebirg kein so verächtlich Tier als im flachen Lande, wo der Knecht, der mit Pferden pflügt, sich für besser hält als den andern, der den Acker mit Ochsen umreißt. Und ich ging um so mehr ohne Bedenken hinter meinem Tiere her, als ich in der Kapelle früh bemerkt hatte, daß es zu der Ehre gelangt war, Gott und seine Mutter zu tragen. Doch war diese Kapelle damals nicht in dem Zustande, in welchem sie sich gegenwärtig befindet. Sie ward als ein Schuppen, ja fast wie ein Stall behandelt. Brennholz, Stangen, Gerätschaften, Tonnen und Leitern, und was man nur wollte, war übereinander geschoben. Glücklicherweise, daß die Gemälde so hoch stehen und die Täfelung etwas aushält. Aber schon als Kind erfreute ich mich besonders, über alles das Gehölz hin und her zu klettern und die Bilder zu betrachten, die mir niemand recht auslegen konnte. Genug, ich wußte, daß der Heilige, dessen Leben oben gezeichnet war, mein Pate sei, und ich erfreute mich an ihm, als ob er mein Onkel gewesen wäre. Ich wuchs heran, und weil es eine besondere Bedingung war, daß der, welcher an das einträgliche Schaffneramt Anspruch machen wollte, ein Handwerk ausüben mußte, so sollte ich, dem Willen meiner Eltern gemäß, welche wünschten, daß künftig diese gute Pfründe auf mich erben möchte, ein Handwerk lernen, und zwar ein solches, das zugleich hier oben in der Wirtschaft nützlich wäre.

Mein Vater war Bötticher und schaffte alles, was von dieser Arbeit nötig war, selbst, woraus ihm und dem Ganzen großer Vorteil erwuchs. Allein ich konnte mich nicht entschließen, ihm darin nachzufolgen. Mein Verlangen zog mich unwiderstehlich nach dem Zimmerhandwerke, wovon ich das Arbeitszeug so umständlich und genau, von Jugend auf, neben meinem Heiligen gemalt gesehen. Ich erklärte meinen Wunsch; man war mir nicht entgegen, um so weniger, als bei so mancherlei Baulichkeiten der Zimmermann oft von uns in Anspruch genommen ward, ja bei einigem Geschick und Liebe zu feinerer Arbeit, besonders in Waldgegenden, die Tischler- und sogar die Schnitzerkünste ganz nahe liegen. Und was mich noch mehr in meinen höhern Aussichten bestärkte, war jenes Gemälde, das leider nunmehr fast ganz verloschen ist. Sobald Sie wissen, was es vorstellen soll, so werden Sie sich's entziffern können, wenn ich Sie nachher davor führe. Dem heiligen Joseph war nichts Geringeres aufgetragen, als einen Thron für den König Herodes zu machen. Zwischen zwei gegebenen Säulen soll der Prachtsitz aufgeführt werden. Joseph nimmt sorgfältig das Maß von Breite und Höhe und arbeitet einen köstlichen Königsthron. Aber wie erstaunt ist er, wie verlegen, als er den Prachtsessel herbeischafft: er findet sich zu hoch und nicht breit genug. Mit König Herodes war, wie bekannt, nicht zu spaßen; der fromme Zimmermeister ist in der größten Verlegenheit. Das Christkind, gewohnt, ihn überallhin zu begleiten, ihm in kindlich demütigem Spiel die Werkzeuge nachzutragen, bemerkt seine Not und ist gleich mit Rat und Tat bei der Hand. Das Wunderkind verlangt vom Pflegevater, er solle den Thron an der einen Seite fassen; es greift in die andere Seite des Schnitzwerks, und beide fangen an zu ziehen. Sehr leicht und bequem, als wär' er von Leder, zieht sich der Thron in die Breite, verliert verhältnismäßig an der Höhe und paßt ganz vortrefflich an Ort und Stelle, zum größten Troste des beruhigten Meisters und zur vollkommenen Zufriedenheit des Königs.

Jener Thron war in meiner Jugend noch recht gut zu sehen, und an den Resten der einen Seite werden Sie bemerken können, daß am Schnitzwerk nichts gespart war, das freilich dem Maler leichter fallen mußte, als es dem Zimmermann gewesen wäre, wenn man es von ihm verlangt hätte.

Hieraus zog ich aber keine Bedenklichkeit, sondern ich erblickte das Handwerk, dem ich mich gewidmet hatte, in einem so ehrenvollen Lichte, daß ich nicht erwarten konnte, bis man mich in die Lehre tat; welches um so leichter auszuführen war, als in der Nachbarschaft ein Meister wohnte, der für die ganze Gegend arbeitete und mehrere Gesellen und Lehrbursche beschäftigen konnte. Ich blieb also in der Nähe meiner Eltern und setzte gewissermaßen mein voriges Leben fort, indem ich Feierstunden und Feiertage zu den wohltätigen Botschaften, die mir meine Mutter aufzutragen fortfuhr, verwendete.«

Die Heimsuchung

»So vergingen einige Jahre«, fuhr der Erzähler fort. »Ich begriff die Vorteile des Handwerks sehr bald, und mein Körper, durch Arbeit ausgebildet, war imstande, alles zu übernehmen, was dabei gefordert wurde. Nebenher versah ich meinen alten Dienst, den ich der guten Mutter, oder vielmehr Kranken und Notdürftigen leistete. Ich zog mit meinem Tier durchs Gebirg, verteilte die Ladung pünktlich und nahm von Krämern und Kaufleuten rückwärts mit, was uns hier oben fehlte. Mein Meister war zufrieden mit mir und meine Eltern auch. Schon hatte ich das Vergnügen, auf meinen Wanderungen manches Haus zu sehen, das ich mit aufgeführt, das ich verziert hatte. Denn besonders dieses letzte Einkerben der Balken, dieses Einschneiden von gewissen einfachen Formen, dieses Einbrennen zierender Figuren, dieses Rotmalen einiger Vertiefungen, wodurch ein hölzernes Berghaus den so lustigen Anblick gewährt, solche Künste waren mir besonders übertragen, weil ich mich am besten aus der Sache zog, der ich immer den Thron Herodes' und seine Zieraten im Sinne hatte.

Unter den hilfsbedürftigen Personen, für die meine Mutter eine vorzügliche Sorge trug, standen besonders junge Frauen obenan, die sich guter Hoffnung befanden, wie ich nach und nach wohl bemerken konnte, ob man schon in solchen Fällen die Botschaften gegen mich geheimnisvoll zu behandeln pflegte. Ich hatte dabei niemals einen unmittelbaren Auftrag, sondern alles ging durch ein gutes Weib, welche nicht fern das Tal hinab wohnte und Frau Elisabeth genannt wurde. Meine Mutter, selbst in der Kunst erfahren, die so manchen gleich beim Eintritt in das Leben zum Leben rettet, stand mit Frau Elisabeth in fortdauernd gutem Vernehmen, und ich mußte oft von allen Seiten hören, daß mancher unserer rüstigen Bergbewohner diesen beiden Frauen sein Dasein zu danken habe. Das Geheimnis, womit mich Elisabeth jederzeit empfing, die bündigen Antworten auf meine rätselhaften Fragen, die ich selbst nicht verstand, erregten mir sonderbare Ehrfurcht für sie, und ihr Haus, das höchst reinlich war, schien mir eine Art von kleinem Heiligtume vorzustellen.

Indessen hatte ich durch meine Kenntnisse und Handwerkstätigkeit in der Familie ziemlichen Einfluß gewonnen. Wie mein Vater als Bötticher für den Keller gesorgt hatte, so sorgte ich nun für Dach und Fach und verbesserte manchen schadhaften Teil der alten Gebäude. Besonders wußte ich einige verfallene Scheuern und Remisen für den häuslichen Gebrauch wieder nutzbar zu machen; und kaum war dieses geschehen, als ich meine geliebte Kapelle zu räumen und zu reinigen anfing. In wenigen Tagen war sie in Ordnung, fast wie Ihr sie sehet; wobei ich mich bemühte, die fehlenden oder beschädigten Teile des Täfelwerks dem Ganzen gleich wiederherzustellen. Auch solltet Ihr diese Flügeltüren des Eingangs wohl für alt genug halten; sie sind aber von meiner Arbeit. Ich habe mehrere Jahre zugebracht, sie in ruhigen Stunden zu schnitzen, nachdem ich sie vorher aus starken eichenen Bohlen im ganzen tüchtig zusammengefügt hatte. Was bis zu dieser Zeit von Gemälden nicht beschädigt oder verloschen war, hat sich auch noch erhalten, und ich half dem Glasmeister bei einem neuen Bau, mit der Bedingung, daß er bunte Fenster herstellte.

Hatten jene Bilder und die Gedanken an das Leben des Heiligen meine Einbildungskraft beschäftigt, so drückte sich das alles nur viel lebhafter bei mir ein, als ich den Raum wieder für ein Heiligtum ansehen, darin, besonders zur Sommerszeit, verweilen und über das, was ich sah oder vermutete, mit Muße nachdenken konnte. Es lag eine unwiderstehliche Neigung in mir, diesem Heiligen nachzufolgen; und da sich ähnliche Begebenheiten nicht leicht herbeirufen ließen, so wollte ich wenigstens von unten auf anfangen, ihm zu gleichen: wie ich denn wirklich durch den Gebrauch des lastbaren Tiers schon lange begonnen hatte. Das kleine Geschöpf, dessen ich mich bisher bedient, wollte mir nicht mehr genügen; ich suchte mir einen viel stattlicheren Träger aus, sorgte für einen wohlgebauten Sattel, der zum Reiten wie zum Packen gleich bequem war. Ein paar neue Körbe wurden angeschafft, und ein Netz von bunten Schnüren, Flokken und Quasten, mit klingenden Metallstiften untermischt, zierte den Hals des langohrigen Geschöpfs, das sich nun bald neben seinem Musterbilde an der Wand zeigen durfte. Niemanden fiel ein, über mich zu spotten, wenn ich in diesem Aufzuge durchs Gebirge kam: denn man erlaubt ja gern der Wohltätigkeit eine wunderliche Außenseite.

Indessen hatte sich der Krieg, oder vielmehr die Folge desselben, unserer Gegend genähert, indem verschiedenemal gefährliche Rotten von verlaufenem Gesindel sich versammelten und hie und da manche Gewalttätigkeit, manchen Mutwillen ausübten. Durch die gute Anstalt der Landmiliz, durch Streifungen und augenblickliche Wachsamkeit wurde dem Übel zwar bald gesteuert; doch verfiel man zu geschwind wieder in Sorglosigkeit, und ehe man sich's versah, brachen wieder neue Übeltaten hervor.

Lange war es in unserer Gegend still gewesen, und ich zog mit meinem Saumrosse ruhig die gewohnten Pfade, bis ich eines Tages über die frisch besäte Waldblöße kam und an dem Rande des Hegegrabens eine weibliche Gestalt sitzend oder vielmehr liegend fand. Sie schien zu schlafen oder ohnmächtig zu sein. Ich bemühte mich um sie, und als sie ihre schönen Augen aufschlug und sich in die Höhe richtete, rief sie mit Lebhaftigkeit aus: ›Wo ist er? habt Ihr ihn gesehen?‹ Ich fragte: ›Wen?‹ Sie versetzte: ›Meinen Mann!‹ Bei ihrem höchst jugendlichen Ansehen war mir diese Antwort unerwartet; doch fuhr ich nur um desto lieber fort, ihr beizustehen und sie meiner Teilnahme zu versichern. Ich vernahm, daß die beiden Reisenden sich wegen der beschwerlichen Fuhrwege von ihrem Wagen entfernt gehabt, um einen nähern Fußweg einzuschlagen. In der Nähe seien sie von Bewaffneten überfallen worden, ihr Mann habe sich fechtend entfernt, sie habe ihm nicht weit folgen können und sei an dieser Stelle liegengeblieben, sie wisse nicht wie lange. Sie bitte mich inständig, sie zu verlassen und ihrem Manne nachzueilen. Sie richtete sich auf ihre Füße, und die schönste, liebenswürdigste Gestalt stand vor mir; doch konnte ich leicht bemerken, daß sie sich in einem Zustande befinde, in welchem sie die Beihülfe meiner Mutter und der Frau Elisabeth wohl bald bedürfen möchte. Wir stritten uns eine Weile: denn ich verlangte, sie erst in Sicherheit zu bringen; sie verlangte zuerst Nachricht von ihrem Manne. Sie wollte sich von seiner Spur nicht entfernen, und alle meine Vorstellungen hätten vielleicht nicht gefruchtet, wenn nicht eben ein Kommando unserer Miliz, welche durch die Nachricht von neuen Übeltaten rege geworden war, sich durch den Wald her bewegt hätte. Diese wurden unterrichtet, mit ihnen das Nötige verabredet, der Ort des Zusammentreffens bestimmt und so für diesmal die Sache geschlichtet. Geschwind versteckte ich meine Körbe in eine benachbarte Höhle, die mir schon öfters zur Niederlage gedient hatte, richtete meinen Sattel zum bequemen Sitz und hob, nicht ohne eine sonderbare Empfindung, die schöne Last auf mein williges Tier, das die gewohnten Pfade sogleich von selbst zu finden wußte und mir Gelegenheit gab, nebenher zu gehen.

Ihr denkt, ohne daß ich es weitläufig beschreibe, wie wunderlich mir zumute war. Was ich so lange gesucht, hatte ich wirklich gefunden. Es war mir, als wenn ich träumte, und dann gleich wieder, als ob ich aus einem Traume erwachte. Diese himmlische Gestalt, wie ich sie gleichsam in der Luft schweben und vor den grünen Bäumen sich her bewegen sah, kam mir jetzt wie ein Traum vor, der durch jene Bilder in der Kapelle sich in meiner Seele erzeugte. Bald schienen mir jene Bilder nur Träume gewesen zu sein, die sich hier in eine schöne Wirklichkeit auflösten. Ich fragte sie manches, sie antwortete mir sanft und gefällig, wie es einer anständig Betrübten ziemt. Oft bat sie mich, wenn wir auf eine entblößte Höhe kamen, stillezuhalten, mich umzusehen, zu horchen. Sie bat mich mit solcher Anmut, mit einem solchen tief wünschenden Blick unter ihren langen schwarzen Augenwimpern hervor, daß ich alles tun mußte, was nur möglich war; ja ich erkletterte eine freistehende, hohe, astlose Fichte. Nie war mir dieses Kunststück meines Handwerks willkommener gewesen; nie hatte ich mit mehr Zufriedenheit von ähnlichen Gipfeln, bei Festen und Jahrmärkten, Bänder und seidene Tücher heruntergeholt. Doch kam ich diesesmal leider ohne Ausbeute; auch oben sah und hörte ich nichts. Endlich rief sie selbst mir, herabzukommen, und winkte gar lebhaft mit der Hand; ja, als ich endlich beim Herabgleiten mich in ziemlicher Höhe losließ und heruntersprang, tat sie einen Schrei, und eine süße Freundlichkeit verbreitete sich über ihr Gesicht, da sie mich unbeschädigt vor sich sah.

Was soll ich Euch lange von den hundert Aufmerksamkeiten unterhalten, womit ich ihr den ganzen Weg über angenehm zu werden, sie zu zerstreuen suchte. Und wie könnte ich es auch! denn das ist eben die Eigenschaft der wahren Aufmerksamkeit, daß sie im Augenblick das Nichts zu Allem macht. Für mein Gefühl waren die Blumen, die ich ihr brach, die fernen Gegenden, die ich ihr zeigte, die Berge, die Wälder, die ich ihr nannte, so viel kostbare Schätze, die ich ihr zuzueignen dachte, um mich mit ihr in Verhältnis zu setzen, wie man es durch Geschenke zu tun sucht.

Schon hatte sie mich für das ganze Leben gewonnen, als wir in dem Orte vor der Türe jener guten Frau anlangten und ich schon eine schmerzliche Trennung vor mir sah. Nochmals durchlief ich ihre ganze Gestalt, und als meine Augen an den Fuß herabkamen, bückte ich mich, als wenn ich etwas am Gurte zu tun hätte, und küßte den niedlichsten Schuh, den ich in meinem Leben gesehen hatte, doch ohne daß sie es merkte. Ich half ihr herunter, sprang die Stufen hinauf und rief in die Haustüre: ›Frau Elisabeth, Ihr werdet heimgesucht!‹ Die Gute trat hervor, und ich sah ihr über die Schultern zum Hause hinaus, wie das schöne Wesen die Stufen heraufstieg, mit anmutiger Trauer und innerlichem schmerzlichem Selbstgefühl, dann meine würdige Alte freundlich umarmte und sich von ihr in das bessere Zimmer leiten ließ. Sie schlossen sich ein, und ich stand bei meinem Esel vor der Tür, wie einer, der kostbare Waren abgeladen hat und wieder ein ebenso armer Treiber ist als vorher.«

»Ich zauderte noch, mich zu entfernen, denn ich war unschlüssig, was ich tun sollte, als Frau Elisabeth unter die Türe trat und mich ersuchte, meine Mutter zu ihr zu berufen, alsdann umherzugehen und wo möglich von dem Manne Nachricht zu geben. ›Marie läßt Euch gar sehr darum ersuchen‹, sagte sie. – ›Kann ich sie nicht noch einmal selbst sprechen?‹ versetzte ich. – ›Das geht nicht an‹, sagte Frau Elisabeth, und wir trennten uns. In kurzer Zeit erreichte ich unsere Wohnung; meine Mutter war bereit, noch diesen Abend hinabzugehen und der jungen Fremden hülfreich zu sein. Ich eilte nach dem Lande hinunter und hoffte, bei dem Amtmann die sichersten Nachrichten zu erhalten. Allein er war noch selbst in Ungewißheit, und weil er mich kannte, hieß er mich die Nacht bei ihm verweilen. Sie ward mir unendlich lang, und immer hatte ich die schöne Gestalt vor Augen, wie sie auf dem Tiere schwankte und so schmerzhaft freundlich zu mir heruntersah. Jeden Augenblick hofft' ich auf Nachricht. Ich gönnte und wünschte dem guten Ehemann das Leben, und doch mochte ich sie mir so gern als Witwe denken. Das streifende Kommando fand sich nach und nach zusammen, und nach mancherlei abwechselnden Gerüchten zeigte sich endlich die Gewißheit, daß der Wagen gerettet, der unglückliche Gatte aber an seinen Wunden in dem benachbarten Dorfe gestorben sei. Auch vernahm ich, daß nach der früheren Abrede einige gegangen waren, diese Trauerbotschaft der Frau Elisabeth zu verkündigen. Also hatte ich dort nichts mehr zu tun noch zu leisten, und doch trieb mich eine unendliche Ungeduld, ein unermeßliches Verlangen durch Berg und Wald wieder vor ihre Türe. Es war Nacht, das Haus verschlossen, ich sah Licht in den Zimmern, ich sah Schatten sich an den Vorhängen bewegen, und so saß ich gegenüber auf einer Bank, immer im Begriff anzuklopfen und immer von mancherlei Betrachtungen zurückgehalten.

Jedoch was erzähl' ich umständlich weiter, was eigentlich kein

Interesse hat. Genug, auch am folgenden Morgen nahm man mich nicht ins Haus auf. Man wußte die traurige Nachricht, man bedurfte meiner nicht mehr; man schickte mich zu meinem Vater, an meine Arbeit; man antwortete nicht auf meine Fragen; man wollte mich los sein.

Acht Tage hatte man es so mit mir getrieben, als mich endlich Frau Elisabeth hereinrief. ›Tretet sachte auf, mein Freund‹, sagte sie, ›aber kommt getrost näher!‹ Sie führte mich in ein reinliches Zimmer, wo ich in der Ecke durch halbgeöffnete Bettvorhänge meine Schöne aufrecht sitzen sah. Frau Elisabeth trat zu ihr, gleichsam um mich zu melden, hub etwas vom Bette auf und brachte mir's entgegen: in das weißeste Zeug gewickelt den schönsten Knaben. Frau Elisabeth hielt ihn gerade zwischen mich und die Mutter, und auf der Stelle fiel mir der Lilienstengel ein, der sich auf dem Bilde zwischen Maria und Joseph als Zeuge eines reinen Verhältnisses aus der Erde hebt. Von dem Augenblicke an war mir aller Druck vom Herzen genommen; ich war meiner Sache, ich war meines Glücks gewiß. Ich konnte mit Freiheit zu ihr treten, mit ihr sprechen, ihr himmlisches Auge ertragen, den Knaben auf den Arm nehmen und ihm einen herzlichen Kuß auf die Stirn drücken.

›Wie danke ich Euch für Eure Neigung zu diesem verwaisten Kinde!‹ sagte die Mutter. – Unbedachtsam und lebhaft rief ich aus: ›Es ist keine Waise mehr, wenn Ihr wollt!‹

Frau Elisabeth, klüger als ich, nahm mir das Kind ab und wußte mich zu entfernen.

Noch immer dient mir das Andenken jener Zeit zur glücklichsten Unterhaltung, wenn ich unsere Berge und Täler zu durchwandern genötigt bin. Noch weiß ich mir den kleinsten Umstand zurückzurufen, womit ich Euch jedoch, wie billig, verschone. Wochen gingen vorüber; Maria hatte sich erholt, ich konnte sie öfter sehen, mein Umgang mit ihr war eine Folge von Diensten und Aufmerksamkeiten. Ihre Familienverhältnisse erlaubten ihr einen Wohnort nach Belieben. Erst verweilte sie bei Frau Elisabeth; dann besuchte sie uns, meiner Mutter und mir für so vielen und freundlichen Beistand zu danken. Sie gefiel sich bei uns, und ich schmeichelte mir, es geschehe zum Teil um meinetwillen. Was ich jedoch so gern gesagt hätte und nicht zu sagen wagte, kam auf eine sonderbare und liebliche Weise zur Sprache, als ich sie in die Kapelle führte, die ich schon damals zu einem wohnbaren Saal umgeschaffen hatte. Ich zeigte und erklärte ihr die Bilder, eins nach dem andern, und entwickelte dabei die Pflichten eines Pflegevaters auf eine so lebendige und herzliche Weise, daß ihr die Tränen in die Augen traten und ich mit meiner Bilderdeutung nicht zu Ende kommen konnte. Ich glaubte ihrer Neigung gewiß zu sein, ob ich gleich nicht stolz genug war, das Andenken ihres Mannes so schnell auslöschen zu wollen. Das Gesetz verpflichtet die Witwen zu einem Trauerjahre, und gewiß ist eine solche Epoche, die den Wechsel aller irdischen Dinge in sich begreift, einem fühlenden Herzen nötig, um die schmerzlichen Eindrücke eines großen Verlustes zu mildern. Man sieht die Blumen welken und die Blätter fallen, aber man sieht auch Früchte reifen und neue Knospen keimen. Das Leben gehört den Lebendigen an, und wer lebt, muß auf Wechsel gefaßt sein.

Ich sprach nun mit meiner Mutter über die Angelegenheit, die mir so sehr am Herzen lag. Sie entdeckte mir darauf, wie schmerzlich Marien der Tod ihres Mannes gewesen und wie sie sich ganz allein durch den Gedanken, daß sie für das Kind leben müsse, wieder aufgerichtet habe. Meine Neigung war den Frauen nicht unbekannt geblieben, und schon hatte sich Marie an die Vorstellung gewöhnt, mit uns zu leben. Sie verweilte noch eine Zeitlang in der Nachbarschaft; dann zog sie zu uns herauf, und wir lebten noch eine Weile in dem frömmsten und glücklichsten Brautstande. Endlich verbanden wir uns. Jenes erste Gefühl, das uns zusammengeführt hatte, verlor sich nicht. Die Pflichten und Freuden des Pflegevaters und Vaters vereinigten sich; und so überschritt zwar unsere kleine Familie, indem sie sich vermehrte, ihr Vorbild an Zahl der Personen, aber die Tugenden jenes Musterbildes an Treue und Reinheit der Gesinnungen wurden von uns heilig bewahrt und geübt. Und so erhalten wir auch mit freundlicher Gewohnheit den äußern Schein, zu dem wir zufällig gelangt und der so gut zu unserm Innern paßt: denn ob wir gleich alle gute Fußgänger und rüstige Träger sind, so bleibt das lastbare Tier doch immer in unserer Gesellschaft, um eine oder die andere Bürde fortzubringen, wenn uns ein Geschäft oder Besuch durch diese Berge und Täler nötigt. Wie Ihr uns gestern angetroffen habt, so kennt uns die ganze Gegend, und wir sind stolz darauf, daß unser Wandel von der Art ist, um jenen heiligen Namen und Gestalten, zu deren Nachahmung wir uns bekennen, keine Schande zu machen.«

Fest und Alltag – Aus den Tagebüchern

23. Nebenstehende Expeditionen: *An die Allgemeine Literaturzeitung* zu Jena. *An das Literarische Wochenblatt* nach Leipzig die Willemersche Sendung. *An Geh. Rat von Willemer* nach Frankfurt Kunst und Altertum und eine Schachtel mit Christgeschenken. – November des Gesellschafters. Kollektaneen und alte Vorwürfe zur Farbenlehre. Mittag zu vieren, Gespräche über Weihnachtsbescherungen. Abends Hofrat Meyer. Witterungskunde von Dittmar. Später Dionysius von Halikarnaß.

24. Nebenstehende Expeditionen: Schachtel mit Weihnachtsgeschenken *an Geh. Rat von Willemer. An Herrn Geh. Legationsrat Conta* politische Blätter und Auszug aus dem Gesellschafter. – Übrigens aufgeräumt und geordnet. An Fräulein Adele Schopenhauer einen Divan. Spazieren gefahren. Mittags Generalsuperintendent Röhr. Christbescherung für Walther. Nacht für mich Dionys von Halikarnaß.

24. Nebenstehendes: *Herrn Staatsminister* von Humboldt nach Berlin. – Zur Naturwissenschaft. Manuskript arrangiert. Von Stein, der Enkel; Verschiedenes übergeben, was der Vater von Breslau gebracht. Mittag zu drein. Las weiter in Hans von Schweinichen[s] Leben [*Lieben, Lust und Leben der Deutschen des 16. Jahrhunderts ..... Breslau 1821–23*]. Gegen Abend Herr von Stein; Gespräch über den prieborner Sandstein, ferner über die masseler Blitzröhren. Abends große Weihnachtsbescherung; ich blieb aber für mich. Späterhin die Kinder. Sodann mein Sohn; Gespräch über den Zustand des Bauwesens, besonders auch über russische Öfen.

9. Sendung an Staatsrat Schultz vorgearbeitet, ingleichen an Knebel. Ferner vom Jahr 1809 einiges *stilo continuo*. Sodann Dr. Friedrich Roth über den Nutzen der Geschichte. Verschiedene Briefe teils konzipiert, teils mundiert. Der junge Müller das Hasenporträt bringend. Rat Vulpius wegen Münzen. Mittag zu drei. Weihnachtskram. Abends in *Campbells Ossian*. Oberbaudirektor Coudray. Neuste Bauereignisse, besonders Tiefurt, [*Groß-*] Gromsdorf und dergleichen. – *Herrn General-Münzwardein Loos* nach Berlin.

14. Verschiedenes konzipiert, mundiert. Herr Genast und Demoiselle Voß. Staatsminister von Fritsch wegen *Ehrmannianis*. Mittag zu dreien. Abends Walther. Sodann Hofrat Meyer und Professor Riemer; letzterer die Weihnachtsgedichte vorgelesen. Nachts *Christian Researches in the Mediterranean. By William Jowett. – Herrn von Knebel nach Jena.*

21. Zeichenlehrer Temmler wegen seines Sohns. Phaethon, Trauerspiel des Euripides, redigiert und mundiert. Der Prinz und Herr Soret. Brief und Sendung von Grafen Sternberg, auch von [*Markt-*]Redwitz. Mittag zu vieren. Fortgefahren an Phaethon. Kam mein Sohn von Jena und referierte. Professor Riemer die Weihnachtsgedichte bringend; die Überschriften beratend. Einiges vorlesend. Sodann über Phaethon gesprochen. Hofrat Meyer Nachricht von der Hoheit Reise, dem Kaiser zu begegnen.

22. Fortsetzung der Versuche wegen entoptischer Eigenschaft des schmelzenden Eises. Die Fragmente des Phaethons weiter redigiert und mundiert. Mittag zu fünfen. Des Paria Gebet durchdacht. Abends Hofrat Meyer. Verzeichnis dessen was er an Rezensionen für das nächste Kunst und Altertum zu liefern gedenkt.

23. Phaethon korrigiert. Die meteorologischen Mitteilungen

des Herrn Salineninspektors Bischof von Dürrenberg aufgeregt. An dem meteorologischen Aufsatze diktiert. Mantegna näheres Schema. Die Dedikation des englischen Fausts abgeschrieben. Rat Helbig jene Bischofischen Mitteilungen überbringend. Mittag zu fünfen. Weihnachten von der Frau Großherzogin gesendet. Kanzler von Müller. Die nordische Heldensage im Morgenblatt. Hofrat Meyer. Beredung wegen der poetischen Weihnachtsgabe. Die Sammlung der Strixner-Pilotyschen lithographierten Zeichnungen durchgesehen. – *Herrn Sulpiz Boisserée* nach Stuttgart, siehe Konzept.

24. Meteorologische Betrachtungen und Mitteilungen an Posselt. Einiges zur bessern Ordnung und Katalogierung der münchner Zeichnungsnachbildungen. Briefe von Rochlitz und von Schreibers. Sonstiges vorbereitet. Absendung der Weihnachtsgedichte an Ihro kaiserliche Hoheit. Anfang einer Rezension des Trauerspiels Adelchi. Mittag zu fünfen. Berzelius neues System der Mineralogie. *Voltaire Histoire de Jenny.* Abends Christbescherung.

24. Promemoria wegen Heinrich Müller. Sendung von Ernst Meyer, die Euphorbien von Röper. Ordnung in verschiedenen Dingen, mein Zimmer aufgeräumt. Buquoys neustes Werk betrachtet. Weihnachten an Professor Riemer. Mittag zu drei. Beschäftigung der Frauenzimmer mit den Christgeschenken. Mannigfaltige Übersichten und Vorbereitungen. Abends Professor Riemer. Wir gingen ältere Aufsätze durch. – *An den Professor Güldenapfel* nach Jena das Verzeichnis der Inkunabeln. Herrn Dr. Ernst Meyer nach Göttingen, mit einem morphologischen Hefte II, 2. *An Hofrat Voigt* nach Jena durch Schmeller.

25. Christfest. Sendung von Herrn von Martius letzte Palmen-Lieferung. Nebenstehende Expeditionen: *Herrn Geh. Rat von Leonhard* nach Heidelberg, mit einem Heft Morphologie II, 2. *Herrn von Martius* nach München, mit einem dergleichen. – Hofrat Rehbein. Ärztliche und psychische Unterhaltung. Demselben die Palmen vorgewiesen. Mittag Hofrat Meyer. Vorher mit demselben die neuen Steindrücke angesehen. Was noch für Kunst und Altertum zu tun sei besprochen. Gegen Abend Herr Kanzler. Verschiedenes von Petersburg. Nachrichten durch den General-Adjudanten des Kronprinzen von Oranien.

24. Einiges zum Hauptzwecke. Die Austeilung der Aktienbillette eingeleitet. Die nächsten Agenda geordnet. Medaillen in die Kapseln gebracht. Dr. Weller überlieferte das 10. Kapitel und den 12. Band der kleinen Ausgabe vonseiten Professor Göttlings. Die Zeichnungen nochmals durchgeschaut und erwogen. Schreiben des Herrn von Gagern an Kanzler von Müller ausgezogen. Mittag für mich mit Dr. Weiler. Blieb bis gegen 6 Uhr, und wurden mancherlei Publica und Privata durchgesprochen. Sodann die Christbescherung angesehen. Das Bevorstehende durchgedacht und Notwendiges aufgezeichnet. Besonders auch einige Künstlernamen im Füeßli aufgeschlagen und über merkwürdige Motive, welche die Zeichnungen darstellten und zu bedenken gaben. Kam eine Sendung von Dublin. Giesecke schickte willkommene Mineralien und den längst gewünschten Barometerstand vom Februar 1825. – *An Frau von Wolzogen*, ein Exemplar der Schillerschen Korrespondenz. *An Professor Riemer*, eine Stelle aus dem 2. Teile Wanderjahre.

25. Bereitete die Absendung des ersten Bandes Wanderjahre. Arbeitete einiges zum zweiten. Es meldeten sich ungarische Studierende, die ich leider nicht annehmen konnte. Auch brachte Herr von Froriep seine in Erfurt gehaltene Rede. Prinz Wilhelm war angekommen, hatte sich aber unterwegs durch einen Fall beschädigt. Die Enkel brachten einige Geschenke. Ich sendete an Hofrat Meyer die leipziger Katalogen. Überlegte und richtete manches zurechte. Mittag für mich. Fortgefahren am Hauptgeschäfte. Abends Oberbaudirektor Coudray. Erzählend von Wageners Abschiedsfeste. Kanzler von Müller. Einiges zugunsten des Grafen Wielhorsky vorbringend. Unterhaltung über Herrn von Frorieps Andenken Serenissimi. Ich las weiter in der französischen Geschichte der Sprichwörter.

20. Den Aufsatz über die Vereinigten Staaten weiter gelesen. Kamen die gewöhnlichen Weihnachtsgeschenke an Papier u. s. von großherzoglicher Staatskanzlei. Bedeutendes Porträt, wahrscheinlich Peter der Große, vielleicht bei seinem Aufenthalt in Holland gemalt. Mittag Dr. Eckermann. Landpriester von Wakefield, mit Erinnerung an die frühsten Eindrücke. Wirkungen von Sterne und Goldsmith. Der hohe ironische Humor beider, jener sich zum Formlosen hinneigend, dieser in der strengsten Form sich frei bewegend. Nachher machte man den Deutschen glauben, das Formlose sei das Humoristische.

24. *Mémoires de St. Simon* 15. Band. Erlaß an Frau von Pogwisch wegen der zu behaltenden Bücher. Sendung von Adolf Wagner in Leipzig. Die Werke des Jordanus Brunus, in welchen ich gleich zu lesen anfing, zu meiner Verwunderung wie immer, zum erstenmal bedenkend, daß er ein Zeitgenosse Bacos von Verulam gewesen. Summierung der letzten Börnerischen Rechnung. Mittag mit Walthern. Nachher St. Simon fortgesetzt. Auch die französischen Tagesblätter. Abends Gräfin Line. Den Kindern ward beschert. Sie kamen, um zu danken, sehr fröhlich. – *An Herrn Faktor Reichel*, Nachricht von der Absendung des 31. Bandes Manuskript, Augsburg. Von Matthisson nach Dessau, Übersendung des Chaos bis No. 15 incl. Für morgen vorausbesorgt: *Herrn Faktor Reichel* mit dem 31. Bande, Augsburg. *An Herrn Burgemeister* Beyer, mit Handzeichnungen der dortigen Gewerkschule, in Eisenach.

[Dezember]

22. Oberaufsichtliches. Nebenstehendes: *Herrn Major von Knebel* nach Jena, die Lukrezischen Papiere zurück. *Herrn Professor Göttling* eine Rolle mit einem anatomischen Werke und Vogels Quittung. – *Passeri, Lucernae fictiles.* Hofgärtner Baumann. Herr Präsident von Ziegesar. Um 1 Uhr Professor Riemer. Verschiedenes durchgegangen. Speiste mit mir. Wurde manches besprochen. Blieb für mich. Den Prozeß der Minister beachtete ich. Mit Ottilien besorgte ich Weihnachtsgeschenke für die Kinder. Las die Epistel Ulrichs von Hutten bis zur Hälfte. Herr Hofrat Soret besuchte mich, eben von Genf zurückgekehrt.

23. Gedachte Epistel durchgelesen. Brief an Kestner in Rom mundiert. Verschiedenes oberaufsichtliche Angelegenheiten betreffend. Anderes aufgeräumt. Um 12 Uhr Ihro kaiserliche Hoheit. Tagesereignisse, Anstalten und Einrichtungen. Hofrat Meyer. Wir besahen das neu angekommene Kupfer von Garavaglia nach Appiani. Einige Ansichten von Neapel. Auch Kaisers Porträt und Landschaft. Speiste derselbe mit mir. Ältere Kunstgeschichte besprochen. Auch neuere Exhibitionen. Abends kleine Gesellschaft; Herr Devrient las aus Shakespeare, Kaufmann von Venedig und Heinrich IV. Sendung von Nees von Esenbeck und Geh. Rat Leonhard. – *Herrn Hofrat Soret, Billett. Herrn Geh. Rat von Müller*, nebenstehenden Brief.

24. Nebenstehendes: *Herrn Geh. Rat von Leonhard*, Heidelberg. – Mehrere Briefkonzepte. Übersetzung aus Huttens Epistel an Pirkheimer, Herr Geh. Rat von Müller das Konzept auf das vorliegende Geschäft überbringend, solches vorlesend und besprechend. Mittags in den vordern Zimmern mit Dr. Eckermann, Betrachtung des schönen geschliffenen Bechers aus getrübtem Glase. Nachher den Prozeß der französischen Minister

von vornherein gelesen, bis zu der Deposition des Herrn Arago gelesen und überdacht. Alles war beschäftigt mit Heiligenchrist-Angelegenheiten. Geben und Nehmen, Hoffen und Empfangen. Ich blieb für mich und rekapitulierte, was allernächst zu expedieren sei.

25. Christfest. John mundierte den Brief an Kestner in Rom. Ich besorgte andere Entwürfe notwendiger Erwiderungen. Nahm die Soretische Übersetzung meiner Metamorphose vor. Ingleichen die Geschichte und Ausbreitung dieser Idee. Supplierte das gestern Zurückgelassene in Huttens Brief an Pirkheimer. Besorgte das notwendige auf die Haushaltung Bezügliche. Promemoria für Soret, die schöne Sendung von Freiberg, Gangformationen enthaltend, betreffend. Manches andere. Anmeldungen abgelehnt. Anfrage von Hofrat Völkel, wegen der Zudringlichkeit eines erfurter Predigers. Mittag Dr. Eckermann und Alma. Huttens Werke fortgesetzt. Ottilie. Oberbaudirektor Coudray. Neues Verschönerungs-Magazin zu Verschönerung der Gärten von Menzel vorzeigend [*Neues Ideen-Magazin zu Verschönerung der Gärten, Berlin 1825*]. Serenissimus. Zeitig zu Bette. Wölfchen besuchte mich.

[Januar]
23. Oberaufsichtliche Angelegenheiten. Um 12 Uhr der Prinz. Die Kinder zeigten ihre Weihnachten und Walther seine Taschenspielerkünste vor. Mittag Dr. Eckermann. Die Behandlung der Briefe und anderer Hülfsmittel wurden näher bestimmt. Nachher für mich die römische Sendung näher betrachtend. Ein Kistchen von Mailand eröffnet, den Inhalt gesondert. Abends beizeiten Ottilie, mancherlei Städtisches und Weltliches mitteilend. Kamen die Kinder von einer nächtlichen Eisfahrt mit Pechfackeln. Walther besonders höchst vergnügt, welches bei einem unerfreulichen Spaße man ihm gern gönnen mußte.

24. Nebenstehendes: *Herrn Professor Riemer*, Anzeige der karlsbader Suitensammlung. *Herrn Hofrat Voigt*, wegen einer anzukaufenden Treppe. *An Professor Göttling* autorisierte Zettel. *An Museumsschreiber Färber* desgleichen. – Von Raumers Dreißigjähriger Krieg. Aufsatz für Karlsbad. Ottilie wegen der Christgeschenke. Mittag Hofrat Vogel. Teils ärztlich-praktische, teils psychologisch-sittliche Betrachtungen. Die neusten Kupferstiche und Radierungen durchgesehen. Sonstiges zur berliner Sendung nachgebracht. Die Familie war zu Frau von Pogwisch, wo der Heilige Christ aufgestellt war. Ich las in den Raumerischen höchst merkwürdigen Exzerpten in Paris.
25. Früh die Kinder, zufrieden mit ihren Weihnachtsgeschenken. Diktierte mehrere Briefkonzepte und sonstiges Geschäftsmäßige. Ein Schreiben vom jungen Seebeck, des Vaters Tod verkündend, kam an. Neue Einrichtung der Küche und des Mittagessens. Die Familie speiste im Deckenzimmer; ich blieb für mich. Fortgelesen an von Raumers historischen Briefen. Abends Hofrat Meyer. Da wir denn unsre Lektüre fortsetzten. Später Ottilie gleichfalls.

Ein unerwünschter Weihnachtsbesuch

»Wir würden nicht so leicht damit fertig werden« – Friedrich Schiller an Johann Wolfgang Goethe

[Weimar, 30. November 1803]

Frau von Staël ist wirklich in Frankfurt, und wir dürfen sie bald hier erwarten. Wenn sie nur Deutsch versteht, so zweifle ich nicht, daß wir über sie Meister werden, aber unsre Religion in französischen Phrasen ihr vorzutragen und gegen ihre französische Volubilität aufzukommen ist eine zu harte Aufgabe. Wir würden nicht so leicht damit fertig werden wie Schelling mit Camille Jordan, der ihm mit Locke angezogen kam – Je méprise Locke, sagte Schelling, und so verstummte denn freilich der Gegner. Leben Sie recht wohl. Sch.

»Niemandem fällt bei dieser Gelegenheit der Taucher wohl ein als mir« – Johann Wolfgang Goethe an Friedrich Schiller

Vorauszusehen war es daß man mich, wenn Mad. de Staël nach Weimar käme, dahin berufen würde. Ich bin mit mir zu Rate gegangen, um nicht vom Augenblick überrascht zu werden, und hatte zum voraus beschlossen hier zu bleiben. Ich habe, besonders in diesem bösen Monat, nur gerade so viel physische Kräfte um notdürftig auszulangen, da ich zur Mitwirkung zu einem so schweren und bedenklichen Geschäft verpflichtet bin. Von der geistigsten Übersicht bis zum mechanischen typographischen Wesen muß ichs wenigstens vor mir haben, und der Druck des Programms, der, wegen der Polygnotischen Tabellen, recht viele Dornen hat, fordert meine öftere Revision. Wie viele Tage sind denn noch hin, daß das alles fertig sein und, bei einer leidenschaftlichen Opposition, mit Geschick erscheinen soll? Sie, werter Freund, sehen gewiß mit Grausen meine Lage an, in der mich Meyer trefflich soulagiert, die aber von niemand kann erkannt werden; denn alles, was nur einigermaßen möglich ist, wird als etwas Gemeines angesehen. Deshalb möchte ich Sie recht sehr bitten mich zu vertreten; denn niemandem fällt bei dieser Gelegenheit der Taucher wohl ein als mir und niemand begreift mich als Sie. Leiten Sie daher alles zum besten, insofern es möglich ist. Will Mad. de Staël mich besuchen, so soll sie wohl empfangen sein. Weiß ich es 24 Stunden voraus, so soll ein Teil des Loderischen Quartiers möbliert sein, um sie aufzunehmen, sie soll einen bürgerlichen Tisch finden, wir wollen uns wirklich sehen und sprechen, und sie soll bleiben solange sie will. Was ich hier zu tun habe ist in einzelnen Viertelstunden getan, die übrige Zeit soll ihr gehören; aber in diesem Wetter zu fahren, zu kommen, mich anzuziehen, bei Hof und in Sozietät zu sein, ist rein unmöglich, so entschieden als es jemals von Ihnen, in ähnlichen Fällen, ausgesprochen worden.

Dies alles sei Ihrer freundschaftlichen Leitung anheimgegeben, denn ich wünsche nichts mehr als diese merkwürdige, so sehr verehrte Frau wirklich zu sehen und zu kennen, und ich wünsche nichts so sehr als daß sie diese paar Stunden Weges an mich wenden mag. Schlechtere Bewirtung, als sie hier finden wird, ist sie unterweges schon gewohnt. Leiten und behandeln Sie diese Zustände mit Ihrer zarten, freundschaftlichen Hand und schicken Sie mir gleich einen Expressen, sobald sich etwas Bedeutendes ereignet.

Glück zu allem, was Ihre Einsamkeit hervorbringt, nach eignem Wünschen und Wollen! Ich rudre in fremdem Element herum, ja, ich möchte sagen, daß ich nur drin patsche, mit Verlust nach außen und ohne die mindeste Befriedigung von innen oder nach innen. Da wir denn aber, wie ich nun immer deutlicher von Polygnot und Homer lerne, die Hölle eigentlich hier oben vorzustellen haben, so mag denn das auch für ein Leben gelten.

Tausend Lebewohl! im himmlischen Sinne.

Jena am 13. Dez. 1803. G.

»Schone Dich ja in dieser Zeit« –
Christiane Vulpius an Johann Wolfgang Goethe

[Weimar, 14. December 1803.]

Ich bin recht vergnügt und glücklich, daß ich wieder einmal Deine Gedanken errathen habe. Der Herr Hofkammerrath wollte mich übereilen, aber ich überlegte; und es ist ihm gewiß nicht recht gewesen. Ich bekümmre mich aber um niemand, wenn ich nur Dir recht thue. Unser gestriger Ball ist gut abgegangen. Der Gustel hat auch brav mit getanzet, liegt aber noch im Bette und wird dießmal wohl nur wenig schreiben. Ich bin munter und wohl. Gestern auf dem Ball habe ich einen jungen Menschen kennen lernen, den gewiß die Frau von Staël überall vorausschicket; er heißt sich Doctor Cassel [?], er wird mir diesen Morgen seine Aufwartung machen, er scheint mir ein Franzose und ein Narr. Ich habe im Saal einheizen lassen und habe Grüner und Wolff gebeten, 11 Uhr da zu sein, denn was soll ich mit so einem Narren allein machen? Diese Woche werden die Kleider von Frankfurt gemacht, daß, wenn Du wiederkommst, ich Dir darin gefalle, und der Weihnachten und die Schüttchen besorgt. Wenn Du bald wiederkömmst, so freu ich mich, aber nur nicht so gehetzt, sondern mit Ruhe und Gemächlichkeit. Da geht alles gut. Schone Dich ja in dieser Zeit denn Deine Kinder lieben Dich sehr.

Leb wohl und liebe mich wie ich Dich.

[Beilage: August]

Lieber Vater,

Gestern war ich schon sehr betrübt, als ich hörte, daß ich nicht nach Jena reisen könnte, weil Sie herüber kämen. Jetzt aber bin ich wieder froh, da ich weiß, daß Sie mich wollen zu sich kommen lassen. Gestern war Ball auf dem Stadthause, bei welchem ich auch war. Die Mutter hat entsetzlich viel getanzt, und wir waren alle recht lustig. Am Montage war ich auf dem Eise und bin tüchtig gefahren. Herr Riemer empfiehlt sich Ihnen ergebenst.

Leben Sie recht wohl. Weimar, den 14. December 1803.

A. Goethe.

»Ohne Bitte um Verzeihung wegen meiner Unarten« – Johann Wolfgang Goethe an Charlotte Schiller

Sie sind so freundlich und gut, daß ich ein paar Worte an Sie zu diktieren wage, ob ich gleich vom bösesten Humor bin. Dafür bitte ich Sie mir morgen mit den Boten etwas zu sagen, wie es in Weimar aussieht.

Mit unserer Hauptunternehmung geht es gut, schön und vortrefflich! Hätte ich bis Neujahr hier bleiben können, so wäre alles, was mir obliegt, mit einem gewissen behaglichen Geschick zu lösen gewesen. Daß ich aber Sonnabends nach Weimar soll und will, macht mir eine unaussprechliche Differenz, die ich ganz allein dulden, tragen und schleppen muß und wofür mir kein Mensch nichts in die Rechnung schreibt. Das ist das Verwünschte in diesen irdischen Dingen, daß unsere Freundin, der zu Liebe ich, zu gelegner Zeit, 30 Meilen gern und weiter führe, gerade ankommen muß, wo ich dem Liebsten was ich auf der Welt habe, meine Aufmerksamkeit zu entziehen genötigt bin. Gerade zu einer Zeit, die mir die verdrießlichste im Jahre ist; wo ich recht gut begreife wie Heinrich III. den Herzog von Guise erschießen ließ, bloß weil es fatales Wetter war, und wo ich Herdern beneide, wenn ich höre daß er begraben wird.

Demohngeachtet sollen Sie mich Sonnabends nicht unfreundlich finden und es ist schon etwas besser, da ich mir die Erlaubnis genommen habe meinen Unwillen in einigen Worten und Redensarten herauszulassen.

Wenn Sie recht freundlich sind, so schreiben Sie mir noch einmal vor Sonnabend und schicken mir auch ein Blättchen von Schiller und von Frau von Staël. Ich habe nötiger als jemals mich durch Freundschaft und guten Willen zu stützen und zu steifen. Schöben sich die Umstände nicht so wunderlich übereinander; so hättet ihr mich sobald nicht wieder gesehen. Und so ein Lebewohl ohne Bitte um Verzeihung wegen meiner Unarten. Es ist heute der Zwanzigste! Nach dem Neuenjahre wird es, wills Gott, besser werden.

Jena, 20. Dezembr. 1803. G.

»Über vierzig Jahre alt« – Karl August Böttiger* über Madame de Staëls Besuch in Weimar

Goethe war bei der Ankunft der Frau von Staël in Jena und entschuldigte sich auf ihre dringenden Einladungen mit Unpäßlichkeit. Nun sprach sie davon, selbst nach Jena zu fahren und ihn dort zu besuchen. Dies bewog ihn endlich, zu den Weihnachtsfeiertagen herüber zu kommen und der Dame Wunsch, ihn von Angesicht zu Angesicht zu sehen, zu gewähren. Allein ob er es gleich offenbar recht darauf angelegt hatte, liebenswürdig zu sein, so machte doch gleich sein höchst materielles Ansehen einen nachteiligen Eindruck auf die Frau, die sich immer einen höchstens etwas älter gewordenen Werther in ihm phantasiert hatte. Nach ihrer unbesiegbaren Offenheit sagte sie ihm bald zu Anfang ein Wort über seine Anhänglichkeit an Schelling und die Gebrüder Schlegel. Dies nahm er sehr übel und schien eine Zeitlang alle Berührung mit dieser ihm so wenig zusagenden Frau zu vermeiden. Frau von Staël merkte dies sehr wohl und erlaubte sich in diesem Fall, was sie sonst fast gar nicht tut, einige witzige Bemerkungen über ihn, zum Beispiel: »Il voudrait nous persuader, que la sensibilité soit passée de mode, parce qu'il n'en a plus«, oder: »lorsqu'il entre dans ma chambre, je cherche avant toute chose une chaise pour le mettre à son aise.«

Man sagt hier allgemein, sie habe ihm geraten, die natürliche Tochter nicht fortzusetzen und die Schlegel zu lassen. Goethe habe darauf geäußert: er sei über vierzig Jahre alt.

Goethe war oder hielt sich wenigstens eine Zeitlang für krank, war also für niemand zugänglich und hielt sich dadurch auch alle Besuche und Anmutungen der Frau von Staël und des Herzogs, der ihn gern mit der von ihm hoch fetierten und geehrten Frau zusammengebracht hätte, mehrere Tage vom Leibe. Frau von Staël wurde deshalb nicht müde, sich täglich nach seinem Befin-

* Karl August Böttiger (1760–1835): einflussreicher Weimarer Publizist.

den erkundigen zu lassen, ihm Billetts zu schreiben, worin sie ihn zu Unterredungen einlud, und überhaupt alles zu tun, was ihm ihre Achtung beweisen konnte. Denn freilich wußte sie sehr gut, daß Goethe noch vor ihrer Ankunft ihre Delphine einmal bei einer Hoftafel mit einer ihm ganz ungewöhnlichen Lebhaftigkeit für ein Produkt erklärt habe, das dem Zeitalter Ehre mache, und daß er sich selbst die Anzeige dieses Meisterwerks in der Jenaischen Literatur-Zeitung vorbehalten habe.

»Als wenn ich einen Mühlstein am Hals hangen hätte« – Catharina Elisabeth Goethe an Johann Wolfgang Goethe

den 13ten Jenner 1804

Lieber Sohn!

Hirbey die Commedien Zettel! Die Geschwister /: wie du ersehen wirst :/ sind an der Tages Ordnung – Frau von Stael ist wie ich höre jetzt in Weimar – mich hat Sie gedrückt als wenn ich einen Mühlstein am Hals hangen hätte – ich ging Ihr überall aus dem Wege schlug alle Gesellschafften aus wo Sie war, und athmete freier da Sie fort war. Was will die Frau mit mir?? Ich habe in meinem Leben kein a.b.c. buch geschrieben und auch in Zukunft wird mich mein Genius davor bewahren. Ich hoffe das Christkindlein ist wohlbehalten angelangt? Grüße deine Lieben

von

deiner treuen

Mutter Goethe.

Briefe, Späße und Geschenke

Naschhaftes Windspiel und Frankfurter Strubbelpeter – Aus dem Nachlass von Friedrich Förster*

Was mir Frau Appellationsrätin [Marie] Körner in Loschwitz (1809, Mai) über ihre erste Bekanntschaft mit Goethe mitgeteilt hat …

Der Vater arbeitete vornehmlich kleine Vignetten für den Verlagsbuchhändler Breitkopf; auch durch Unterricht in seiner Kunst hatte er Verdienst. Von seinen Schülern der eifrigste, zugleich aber auch zu allerhand munteren Streichen der aufgelegteste, war der später so berühmt gewordene Goethe, damals Student der Rechte, sechzehn Jahr alt. Unsrer guten Mutter machte diese Bekanntschaft mancherlei Sorge und Verdruß. Wenn der Vater in später Nachmittagstunde noch fleißig bei der Arbeit saß, trieb ihn der junge Freund an, frühzeitig Feierabend zu machen, und beschwichtigte die Einwendungen der Mutter damit, daß die Arbeit mit der feinen Radiernadel im Zwielicht die Augen zu sehr angreife, zumal er dabei durch das Glas sehe. Wenn nun auch die Mutter erwiderte, *durch* das Glas sehen, greife die Augen nicht so sehr an, wie *in* das Glas und zwar manches Mal zu tief sehen, so ließ doch der muntre Student nicht los und entführte uns den Vater zu Schönkopfs, oder nach Auerbachs Keller, wo in lustiger Gesellschaft die Studien zu den Studentenszenen des Faust entstanden sind. Diese Bekanntschaft hat unsrer guten Mutter manche Träne gekostet. Wenn aber am anderen Morgen Mosje Goethe – denn vornehme junge Herren wurden »Mosje« tituliert – sich wieder bei uns einfand und ihn die Mutter tüchtig ausschalt, daß er den Vater in solche ausbündige Studentengesellschaft führe, in welche ein verheirateter Mann, der für Frau und Kinder zu sorgen habe, gar nicht gehöre, dann wußte er durch allerhand Späße sie wieder freundlich zu stim-

* Friedrich [Christoph] Förster (1791–1868): Berliner Schriftsteller, Bruder von Ernst Joachim Förster.

men, so daß sie ihn den Frankfurter Strubbelpeter nannte und ihn zwang, sich das Haar auskämmen zu lassen, welches so voller Federn sei, als ob Spatzen darin genistet hätten. Nur auf wiederholtes Gebot der Mutter brachten wir Schwestern unsere Kämme, und es währte lange Zeit, bis die Frisur wieder in Ordnung gebracht war. Goethe hatte das schönste braune Haar; er trug es ungepudert im Nacken gebunden, aber nicht wie der alte Fritz als steifen Zopf, sondern so, daß es in dichtem Gelock frei herabwallte. Wenn ich, erzählte Frau Körner, in späteren Jahren Goethe hieran erinnerte, wollte er es nie zugeben, sondern versicherte: es hätte sich die Mutter ein besonderes Vergnügen daraus gemacht, ihn zu kämmen, so daß sie sein wohlfrisiertes Haar erst in Unordnung gebracht, um ihn dann recht empfindlich durchzuhecheln.

Am meisten verdarb es der lustige Bruder Studio mit uns Kindern dadurch, daß er weit lieber mit dem Windspiele des Vaters, es war ein niedliches Tierchen und hieß Joli, als mit uns spielte und ihm allerhand Unarten gestattete und es verzog, während er gegen uns den gestrengen Erzieher spielte. Für Joli brachte er immer etwas zu naschen mit; wenn wir aber mit verdrießlichen Blicken dies bemerkten, wurden wir bedeutet: das Zuckerwerk verderbe die Zähne und gebrannte Mandeln und Nüsse die Stimme. Goethe und der Vater trieben ihren Mutwillen so weit, daß sie an dem Weihnachtabend ein Christbäumchen für Joli, mit allerhand Süßigkeiten behangen, aufstellten, ihm ein rotwollenes Kamisol anzogen und ihn auf zwei Beinen zu dem Tischchen, das für ihn reichlich besetzt war, führten, während wir mit einem Päckchen brauner Pfefferkuchen, welche mein Herr Pate aus Nürnberg geschickt hatte, uns begnügen mußten. Joli war ein so unverständiges, ja, ich darf sagen, so unchristliches Geschöpf, daß er für die von uns unter unserem Bäumchen aufgeputzte Krippe nicht den geringsten Respekt hatte, alles beschnoperte und mit einem Haps das zuckerne Christkindchen aus der Krippe riß und aufknabberte, worüber Herr Goethe und der Vater laut auflachten, während wir in Tränen zerflossen. Ein Glück nur, daß Mutter Maria, der heilige Joseph und Ochs und Eselein von Holz waren, so blieben sie verschont.

Johann Wolfgang Goethe an Johann Christian Kestner

[Frankfurt, December 1772.]

Lieber Kestner euer Brief traf mich eben als ich eine Rolle versiegelte die ihr mit Morgen fahrender Post kriegt. Es ist Tamis für meine zween kleine Buben zu Wamms und Pumphosen, sonst Matelot genanndt. Lassts ihnen den Abend vor Cristtag bescheren, wie sichs gehört. Stellt ihnen ein Wachsstöckgen dazu und küsst sie von mir. Und Lotten den Engel. Adieu lieber Kestner euer brief hat mir himmlische Freude gemacht. Ich hab auch heut einen von Versailles vom Bruder Lersen. Grüsst mir sie alle und habt mich lieb. Adieu.

*

Frankfurt, 25. Dezember 1772

Cristtag früh. Es ist noch Nacht lieber Kestner, ich binn aufgestanden um bey Lichte Morgens wieder zu schreiben, das mir angenehme Erinnerungen voriger Zeiten zurückruft; ich habe mir Coffee machen lassen den Festtag zu ehren und will euch schreiben biss es Tag ist. Der Türner hat sein Lied schon geblasen ich wachte drüber auf. Gelobet seyst du Jesu Crist. Ich hab diese Zeit des Jahrs gar lieb, die Lieder die man singt; und die Kälte die eingefallen ist macht mich vollends vergnügt. Ich habe gestern einen herrlichen Tag gehabt, ich fürchtete für den heutigen, aber der ist auch gut begonnen und da ist mirs fürs enden nicht Angst. Gestern Nacht versprach ich schon meinen lieben zwey Schattengesichtern euch zu schreiben, sie schweben um mein Bett wie Engel Gottes. Ich hatte gleich bey meiner Ankunft Lottens Silhouette angesteckt, wie ich in Darmstadt war stellen sie mein Bett herein und siehe Lottens Bild steht zu Häupten das freute mich sehr, Lenchen hat ietzt die andre Seite ich danck euch Kestner für das liebe Bild, es stimmt weit mehr mit dem überein was ihr mir von ihr schriebt als alles was ich immaginirt hatte; so ist es nichts mit uns die wir rathen phantasiren und weissagen. Der Türner hat sich wieder zu mir gekehrt, der Nordwind bringt mir seine Melodie, als blies er vor meinem Fenster. Gestern lieber Kestner war ich mit einigen guten Jungens auf dem Lande, unsre Lustbaarkeit war sehr laut, und Geschrey und Gelächter von Anfang zu Ende. Das taugt sonst nichts für die kommende Stunde. Doch was können die heiligen Götter nicht wenden wenns Ihnen beliebt, sie gaben mir einen frohen Abend, ich hatte keinen Wein getruncken, mein Aug war ganz unbefangen über die Natur. Ein schöner Abend, als wir zurückgingen es ward Nacht. Nun muss ich dir sagen das ist immer eine Sympatie für meine seele wenn die Sonne lang hinunter ist und die Nacht von Morgen herauf nach Nord und Süd umsich gegriffen hat, und nur noch ein dämmernder Kreis vom abend heraufleuchtet. Seht Kestner wo das Land flach ist ists das herrlichste Schauspiel, ich habe iünger und wärmer Stunden lang so ihr zu gesehn hinab dämmern auf meinen Wandrungen. Auf der Brücke hielt ich still. Die düstre Stadt zu beyden Seiten, der Stillleuchtende Horizont, der Widerschein im Fluss machte einen köstlichen Eindruck in meine Seele den ich mit beyden Armen umfasste. Ich lief zu den Gerocks lies mir Bleystifft geben und Papier, und zeichnete Zu meiner grossen Freude, das ganze Bild so dämmernd warm als es in meiner Seele stand. Sie hatten alle Freude mit mir darüber empfanden alles was ich gemacht hatte und da war ich s erst gewiss, ich bot ihnen an drum zu würfeln, sie schlugens aus und wollen ich solls Mercken schicken. Nun hängts hier an meiner Wand, und freut mich heute wie gestern. Wir hatten einen schönen Abend zusammen wie Leute denen das Glück ein Groses geschenck gemacht hat, und ich schlief ein den heiligen im Himmel danckend, dass sie uns Kinderfreude zum Crist bescheeren wollen. Als ich über den Marckt ging und die vielen Lichter und Spielsachen sah dacht ich an euch und meine Bubens wie ihr ihnen kommen würdet, diesen Augenblick ein Himlischer Bote mit dem blauen Evangelio, und wie aufgerollt sie das Buch erbauen werde. Hätt ich bey euch seyn können ich hätte wollen so ein Fest Wachsstöcke illuminiren, dass es in den kleinen Köpfen ein Wiederschein der Herrlichkeit des Himmels gegläntzt hätte. Die Tohrschliesser kommen vom Burgemeister, und rasseln mit Schlüsseln. Das erste Grau des Tags kommt mir über des Nachbaars Haus und die Glocken läuten eine Cristliche Gemeinde zusammen. Wohl ich binn erbaut hier oben auf meiner Stube, die ich lang nicht so lieb hatte als ietzt. Sie ist mit den glücklichsten Bildern ausgeziert [die] mir freundlichen guten Morgen sagen. Sieben Köpfe nach Raphael, eingegeben vom lebendigen Geiste, einen davon hab ich nachgezeichnet und binn zufrieden mit ob gleich nicht so froh. Aber meine lieben Mädgen. Lotte ist auch da und Lenchen auch. Sagen Sie Lenchen ich wünschte so sehnlich zu kommen und ihr die Hände zu küssen als der Musier der so herzinnigliche Briefe schreibt. Das ist gar ein armseeliger Herre. Ich wollte meiner Tochter ein Deckbette mit solchen Billetdous füttern und füllen, und sie sollte so ruhig drunter schlafen wie ein Kind. Meine Schwester hat herzlich gelacht, sie hat von ihrer Jugend her auch noch dergleichen. Was ein mädgen ist von gutem Gefühl müssen dergleichen Sachen zu wieder seyn wie ein stinckig Ey. Der Kamm ist vertauscht, nicht so schön an Farb und Gestalt als der erste, hoffe doch brauchbaarer. Lotte hat ein klein Köpfgen, aber es ist ein Köpfgen.

Der Tag kömmt mit Macht, wenn das Glück so schnell im avanziren ist, so machen wir balde Hochzeit. Noch eine Seite muss ich schreiben so lang tuh ich als sah ichs Tageslicht nicht.

Grüst mir Kielmannseg. Er soll mich lieb behalten.

Der Scheiskerl in Giessen der sich um uns bekümmert wie das Mütterlein im Evangelio um den verlohrnen Groschen, und überal nach uns leuchtet und stöbert, dessen Nahme keinen Brief verunzieren müsse in dem Lottens Nahme steht und eurer. Der Kerl ärgert sich dass wir nicht nach ihm sehn, und sucht uns zu necken dass wir seyn gedencken. Er hat um meine Baukunst, geschrieben und gefragt so hastig, dass man ihm ansah das ist gefunden Fressen für seinen Zahn, hat auch flugs in die Erfurter Zeitung eine Rezension gesudelt von der man mir erzält hat. Als ein wahrer Esel frisst er die Disteln die um meinen Garten wachsen nagt an der Hecke die ihn vor solchen Tieren verzäunt und schreit denn sein Critisches J! a! ob er nicht etwa dem Herrn in seiner Laube bedeuten möchte: ich binn auch da.

Nun Adieu, es ist hell Licht. Gott sey bey euch, wie ich bey euch binn. Der Tag ist festlich angefangen. Leider muss ich nun die schönen Stunden mit Rezensiren verderben ich tuhs aber mit gutem Muth denn es ist fürs letzte Blat.

Lebt wohl und denckt an mich das seltsame Mittelding zwischen dem reichen Mann und dem armen Lazarus.

Grüst mir die lieben alle. Und lasst von euch hören.

Catharina Elisabeth Goethe an Herzogin Anna Amalia

Franckfurth d 30ten November 1778

Ihro Durchlaucht Legens recht drauf an Goetheens Vater und Mutter in ihrer Einsamkeit zu erfreuen. Kaum haben wir uns über den Jahrmarckt und alles was dabey war herrlich ergötzt; so bringt der Postwagen wieder etwas in schönem grünem Wachstuch wohl verwahrt mit – wie der Blitz ist Frau Aja dahinter her macht in einer geschwindigkeit die Cordel ab und will nun sehen was es ist – da waren aber so viele Nägel herauszuziehen daß Frau Aja eben alle ihre gedult zusammen nehmen und warten mußte biß die Zange und der Hammer das ihrige gethann und der Deckel vom Kästgen in die Höhe ging: nun lag noch ein papier drauf, rischs war das auch weg, und Frau Aja that einen großen schrei als sie ihren Häschelhanß erblickte. Wir finden viele gleichheit drinnen, und haben eine große herrlichkeit damit wie das Ihro Durchlaucht Sich leicht vorstellen können, da wir ihn selbst in 3 Jahren nicht gesehen haben, zumahl da er im Frack gemahlt ist worin ich ihn immer am liebsten so um mich herum hatte, und es auch seine gewöhnliche tracht war. Jetzt wird eine Rahm drum gemacht und es wird in die Weimarrer Stube aufgestelt, so wie auch die 3 Zeichnungen aus dem Jahrmarckt. Nun Theureste Fürstin! nehmen Sie den innigsten wärmsten und hertzlichsten Danck von Vater und Mutter davor an, und erhalten uns und Docter Wolfen Dero Unschatzbahre gnade, wir glauben auch vestiglich daß Ihro Durchlaucht unsere Bitte erhören, und immer vor uns /: und Gott gebe :/ und unsere Nachkommen die Huldreichste und gnädigste Fürstin seyn und bleiben werden. Vor den Musicalischen Jahrmarck dancke auch unterthänigst, und werde so bald ich alles durchgespielt habe Ihro Durchlaucht schreiben wie mir dabey zu muthe war, von aussen sieht mann schon daß es von einer Fürstin kommt, der prächtige Band, die vortreflich geschrieben Noten u. s. w. So großen lusten ich hatte alles stehn und liegen zu lassen um zu Singen und zu spielen; so glaubte ich doch daß es schöner wäre unserer Besten Fürstin gleich zu dancken und keinen Postttag vorbey gehen zu laßen. Daß Ihro Durchlaucht spinnen freut mich sehr, Frau Aja hats auch einmahl starck getrieben, und kans noch so zimmlich. An der Spinnerrey vom Docter habe so meine Freude daß ich ihm ehestens 25 ℔ schönen feinen Flachs zum geschenck überschicken will. Wann es nicht beynahe 5 Uhr wäre so schriebe ich so wahr ich lebe einen andern Brief, ich begreife gar nicht wie ich so entsetzlich gehudelt habe, die Federn tauchten nichts, das papier floße. Ihro Durchlaucht verzeihen nur, auf einandermahl sols schöner werden. Beste Fürstin! nehmen Sie nochmals unsern hertzlichen Danck vor *alles alles* an und glauben daß ich bin biß ans grab ja noch drüber hinaus

Ihro Durchlaucht
unterthänige und treugehorsambste Dienerin
C. E. Goethe.

*

Franckfurth den 4ten Jenner 1779

Theureste Fürstin! Den ersten gebrauch den ich von meinem /: Gott sey Danck :/ wieder gesundem Auge mache, ist, daß ich Ihro Durchlaucht vor Dero letzen Brief, und vor das gnädige Andencken an Frau Aja den Unterthänigsten, hertzlichsten und wärmsten Danck abstatte, ja Große und Beste Fürstin! ich habe in meinem Leben manches gute genoßen, manches Jahr vergnügt zurückgelegt, aber vor dem 1778 müßen die vorigen alle die Seegel streichen – wahr ists, ich habe große und edle Seelen gekandt, eine Klettenbergern zum Exempel, aber – – – die war doch so zu sagen Fleisch von meinem Fleisch, und Bein von meinem Bein, mit einem Wort meines gleichen – Aber Eine *Amalia* kennen zu lehrnen!!! Gott! Gott! das ist kein gepappel, oder geschwätzt, oder erdachte Empfindsamkeiten, sondern so wahres gefühl, daß mir die Thränen anfangen zu laufen, daß ich etwas aufhören muß, denn das weinen ist mir verbotten. Gnädigste und Beste Fürstin! laßen Sie Dero gnade ferner über mich und alles was mir angehört walten; so wird auch dieses Jahr, froh und glücklich vor Frau Aja dahinfliesen. Die vortreffliche Mucick vom Jahrmarck kan ich jetzt gantz vollkommen, alle Welt ist drüber entzückt – Das Porträt des Docters ist unsere und aller seiner Freunde Augenweide jedermann erkent ihn. Der Brief der lieben Freulein Thusnelde, die herrliche Zeichnungen von Herrn Kraußе das Bänckelsänger Gemählde, hat uns so viel Freude gemacht, daß ich allen denen die nah oder fern theil daran haben 1000 heil und seegen zum Neuen Jahr wünsche. Wann Ihro Durchlaucht jetzt meine Weimarrer Stube sehen solten! Da Paradirt das döckergen als Herr geheimdter Legations Rath mit einem Schattenriß in der Hand, als Anderson, Hamann, Mardochai – Herr Krauße hätte uns gewiß keine größre Freude machen können, überhaubt um mein Schifflein flott zu machen, müßen die Seegel von Weimar aus geschwelt werden, die gantze übrige welt liegt bey mir im argen und kümmert mich nicht ein Haar, das weiß so gar der Briefträger, hat er einen Brief von Weimar zu überbringen so reißt er die klingel bald ab, bey andern gehts nur ping ping, davor habe ich ihm auch ein doppelt Neujahrs geschencks gegeben, weil er der Frau Aja ihres Hertzens gedancken so gut versteht. Durchlauchdigste Fürstin! Erhören Sie meine oben gethane Bitte und schencken uns und unserm Sohn ferner Dero Huld und gnade; so wird auch dieses Jahr ein Jahr der Freude und Wonne vor uns seyn. Gott erhalte Ihro Durchlaucht biß an das spättste Ziel des Menschlichen alters Dieses ist der Wunsch und das Gebet von denjenigen so mit tieffter Ehrfurcht sich unterzeichnen.

Euer Durchlaucht
unterthänige gehorsambste
Johann Caspar Goethe. m. p. Catharina Elisabetha Goethe.

Catharina Elisabeth Goethe an Johann Wolfgang Goethe

den 19ten Decemb. 1792

Lieber Sohn!

Hir schicke ich Christkindleins bon bon mit Bitte dem jungen Herder Augst benamset etwas in meinem Nahmen davon zu komen zu laßen. Hir Leben wir in Furcht und Erwartung der Dinge die kommen sollen – Die Höchsten und Hohen Herschaften versichern uns zwar daß alles gut gehen werde, das ist verdolmescht daß die Francken nicht wiederkommen würden – so lange aber Maintz nicht in deuschen Händen ist – dürfen wir noch nicht Vicktoria rufen – und die Wolfhaut noch nicht feilbieten. Du wirst dich jetzt von deinen gehabten Strapatzen in deinem neuen schönen Hauß und unter deinen Freunden erholen – daran thuts du nun sehr gescheidt. Ihro Durchlaucht die Frau Herzogin Amalia haben die Gnade gehabt mich wegen der Kriegsunruhen nach Weimar zu invitiren – dancke Hochdenenselben in meinem Nahmen – und sage dieses vortreflichen Fürstin – Ich hätte guten Muth der Gott der mich bißhirher gebracht, würde weiter sorgen. Ihro Durchlaucht der Herzog befindet sich wohl und vergnügt – deßgleichen Ihro Königliche Majestät von Preußen – Gott gebe dir ein fröliges Neuesjahr – und uns den edlen Frieden – diß ist der Wunsch deiner treuen Mutter

Goethe.

*

Frankfurt, den 23ten Decemb. 1793

Lieber Sohn! Alles was ich dir zu gefallen thun kan, geschieht gern und macht mir selbst Freude – aber eine solche jnfame Mordmaschine zu kaufen – das thue ich um keinen preiß – wäre ich Obrigkeit die Verfertiger hätten an Halseißen gemußt – und die Maschine hätte ich durch den Schinder offendtlich verbrennen laßen – was! die Jugendt mit so etwas abscheuliches spielen zu laßen – ihnen Mord und Blutvergießen als einen Zeitvertreib in die Hände geben – nein da wird nichts draus. Hirbey kommt ein stück von unserm Anzeigblättgen da sehe und sey Stoltz daß du ein Franckfurther Burger bist. Wöchendtlich sind schon 3000 f beysammen die jede Woche biß zum ersten Mertz vor Lebens mittel vor unsere Brüder die Braven Deuschen bestimmt sind. Das heiße ich doch deusches Blut in den Adern haben. Unsere Kaufmans Söhne aus den ersten Häußern – tragen alle Unniformen und sind mit den geringsten Schuster und Schneider einverstanden ihrer Vaterstadt im fall der Noth beyzustehn – unsere Brave Sachsenhäußer sind aufs Quartir amt gegangen – und haben gebethen wann Truppen zum Einquartiren kämen; so möchte mann sie ihnen geben. Leute die ein stübgen – und gröstentheils unbemittelt sind – unsere Metzger haben fast keine Hembter mehr – sie haben sie alle in die Hostpiläler getragen – und das alles aus gutem Hertzen und freyem Willen – es ist niemand eingefallen ihnen so was zuzumuthen – nun verwunder mann sich noch daß Franckfurth reich wird – grünt und blüht – Gott muß ja das belohnen! Jetzt genung von meinen braven Landsleuten – wogegen sich alle andre Reichs-städte verkriechen müßen. Die Schachtel mit dem langen Brief und dem bon bon wirst du nun haben. Lebe wohl! Ich bin

deine treue deusche Mutter
Goethe.

N.S. Sage Götzen was der Heilige Christ nicht gethan hätte, solte der Neujahrsmann thun – vor Spielsachen sonst brächte der Heilige Christ nichts – da wäre er zu groß.

Kaum hatte ich meinem Vaterländischen pradiodißmuß Luft gemacht, als dein Lieber Brief ankam, auf den ich mit ein paar Worte noch antworten will. Daß große Freude über die Rückkunft des durchlauchtigsten Herzogs bey Euch allen ist, das ist nun kein Wunder – da sich gantz Franckfurth freute Ihn wieder gesund und wohl zu sehen – Ich war leider dißmahl nicht so glücklich. Ich hoffe doch nicht daß ich in Ungenade bin, das wäre mir unerträglich – auch wüßte ich nicht wodurch ichs verschuldet hätte. Daß meine Prinßessinnen meiner gedacht haben freut mich – daß es Ihnen wohl und glücklich gehen mögte ist mein heisester Wunsch. Du wirst Stocks eine große Freude mit den Fächern bereiten – vor die Mühe dancke einstweilen – aber Sie verdienen auch, den Stock gibt sich viele Mühe mit meinem treiben und verkaufen – und ist ein treuer und verschwiegner Rathgeber. Daß Gerning froh und frölig ist, das glaub ich gern – Seine Mutter besuchte mich gestern – und empfahl ihn auf beste deiner Freundschaft Daß der gute Bode todt – thut mir leid – wir haben manchen Spaß miteinander gehabt – Herrn Cornelius werde sogleich bezahlen – und wegen dem schuldig seyn sey ohne Sorgen – ich bin dir laut meines Versprechens mehr schuldig als du mir – aber mein Brief den du jetzt in Händen hast, wird dich über alles belehrt haben. Noch einmahl Lebe wohl!

*

den 17ten November 1794

Lieber Sohn!

Es ist schon zimmlich lange daß wir nichts von einander vernommen haben – drum soll dieser Morgen gewidmet seyn, dir eins und das andre vorzutragen. Die Castanien wirst du erhalten haben? Den Confect bekomst du auf den Heiligen Christ – früher kan mann die Manigfaltigkeit nicht haben das ist die Ursach der Verzögerung. Der Vetter Wolfgang Starck braucht deine Hülfe nicht – er hat sich selbst eine Charge zugetheilt – Er hat ein Weib genommen und sitzt deßwegen gut oder schlimm in Franckfurtht fest. Siebenstück Modejournal und Siebenstück Mercure sind in meinen Händen – gelegenheitlich erbitte ich mir die folgenden. Lieber Sohn! Ich ersuche dich sehr angelegentlich die Sachen die du von Herrn Stock in Händen hast – doch bald möglichst Retour zu schicken – ich bin schon so ofte drum gefragt worden /: Es ist ein precium affectionis :/ ich weiß denn niemals eine rechtliche Antwort zu geben, und bin jedesmahl in Verlegenheit – Ich bitte dich also nochmahls spedire die Sachen bald – und wilt du dich bey Stocks /: die wie du selbst weiß sehr gute Menschen sind :/ recht insinuiren so laße ein paar Zeilen die Sachen begleiten Adreßire sie an mich – ich will gerne das porto des Postwagens bezahlen – damit sie franck und frey in Ihre Hände kommen. Bey uns fangt die Gefahr wieder an zu wachsen – mann fürchtet daß das arme Maintz wieder eine Belagerung auszustehen hat – das war wieder ein Ruhmvoller Feldzug vor die Deuschen!!! Zum Ruhm muß mann Ihnen nachsagen, daß sie sich hir recht wohl befinden. Meine jetzige Einquartirung ist gut, und belästigt mich sehr wenig – Oberauditer Lückdicke nebst seiner Frau – und einem Bedienten – das geht an – Zwar kochen sie in meiner Küche – brauchen meine Mägde als wärens ihre eigne – aber alles das macht keine große Unruhe – dann etwas muß mann doch tragen. Übrigens befinde ich mich sehr wohl nach Leib und Seele – weiß von keiner Furcht – laße kommen was ich nicht ändern kan – genieße das gegenwärtige – und da ich die Speichen des großen Rades nicht aufhalten kan; so wäre es ja Narrheit drüber zu greinen daß mann so schwach sich fühlte. Noch eins! Ich mögte deinem Augst gerne zum Heiligen Christ eine kleine Freude machen – etwas zu einem Kleidgen – oder Spielsachen u.d.g. gehe mit deiner Freundin zu rathe und schreibe bey Zeiten – damit ichs zeitig besorgen kan. Jetzt Lebe wohl! Grüße dein gantzes Hauß und behalte in gutem Andencken, deine

treue Mutter
Goethe.

*

Frankfurt, den 8ten December 1794

Lieber Sohn!

Ich hoffe beykommendes Zeug welches warm hält, und doch leicht ist wird dem kleinen Augst wohl behagen – Der prächtige Franckfurther Confect wird in der Christwoche erscheinen. Daß du vor dißmahl ohne Einquartirung noch davon gekommen bist – darüber freue dich – denn die Last die wir nun zwey volle Jahre tragen ist gar kein Spaß – wenn nur das Einfeuern nicht wäre! Du kanst nicht glauben was das Holtz kostest das hir so enorm theuer und beynahe nicht einmahl zu bekommen ist, sonst im übrigen bin ich mit meiner dißmahligen Einquartirung wohl zu frieden Oberautitor Lückdecke nebst seiner Frau – Er ein gescheidter klahrer Kopf – Sie ein gutes Weib – freylich kochen sie *in* meiner Küche – da aber meine Tracktemente in 3 Schüschlen und die ihrige in zwey bestehen – so gehts doch. Was ich sage daß die 20tausend Mann Preußen zurück kommen? nichts anders als was einmahl ein Cardinahl dem Pabst der gantz erstaunt/: weil er in der größten stille in seinem Kloster gelebt hatte :/ über die menge Menschen die er am Tage seiner Erhöung vorsich sah antwortete als der Pabst ihn fragte: wovon leben diese alle? Ihre Heiligkeit sie bescheisen einander. Aus dem gantzen Weßen wird kein Menschenkind gescheid – ich verbreche mir auch gar nicht den Kopf drüber – das Ende das doch endlich einmahl komen muß wirds aus weißen – wer bestuhltgängelt worden ist. Daß Stocks Bilder eingepackt sind ist mir sehr lieb – wollen sie also erwarten. Auch habe ich kein klein gaudium daß endlich nach langem sehnen und harren Willhelm endlich erscheint – erbitte mir ein Exemplar. Du bist überzeugt daß es mir immer Freude macht dich bey mir zu haben – gibt also Gott Frieden so habe ich statt einer Freude zwey. Ich soll dir im Nahmen des Pfarrer Starcks den Tod seiner Frau melden – Er ist im Schreiben nicht sehr geübt – und bittet deßwegen um Verzeihung. Minister vor Hardenberg läßt dir viel schönes sagen – es ist ein freundlicher Lieber Mann. Schlosser hat mir schon lange den Auftrag gegeben dir vor Reinecke den Fuchs zu dancken – Er und sein gantzes Hauß hatten viele Freude und Wonne darob. Ich hoffe daß die beyden Halstücher den Jungfer Mägden ein angenehmes Christgeschenck sein werden, denn ich habe zwey gantz gleiche /: damit sie sich nicht über die Wahl veruneinigen :/ und recht schöne /: wie der Augenschein lehret :/ ausgesucht – Jetzt lebe wohl! Grüße alles in deinem Hauße und behalte lieb

deine

treue Mutter
Goethe.

*

[Mitte December 1795]

Lieber Sohn!

Hir kommt das gewöhnliche bon bon unten in der Schachtel – liegt Infanteri und Cavaleri vor den kleinen Augst – Er kan bey den langen Winter abenden sich damit amusiren – in der Entfernung und dem seltenen Briefwechsel kan ich ohnmöglich wißen was dem Kind etwa Freude machen mögte – auch sind größre Spielwercke wegen des Transports zu kostspielig – nehmt also mit dem vorliebt. Die Castanien werden jetzt ersetzt seyn. Vor die Übersendung des Willhelm dancke hertzlich das Intereße steigt; so wie es weiter fort geht – Habe Danck daß du der unvergeßlichen K. noch nach so vielen Jahren ein so schönes Denckmahl gestifftet hast Sie kan dadurch nach Ihrem Tod noch gutes stifften. Ehe ich dieses schließe, will ich nachsehn, wie viele Mercure und Modejournahle mir fehlen es ist lange her daß ich keine bekommen habe. Hir kommt ein Brief davon der Verfasser endweder ein geni oder ein Lustiger Spaßmacher ist – ließ nur meine Adreße! Hir ist jetzt alles ruhig und still – wir haben eine gantz kleine Besatzung von Käyerlichen und die fernen Nachrichten lauten noch immer sehr gut – Ich bin gesund vergnügt und frölig – es gefält mir täglich im neuen Logi beßer und beßer – wie konte ich nur 46 Jahr auf dem Hirschgraben wohnen!! No. 7. 8. 9. 10. 11. 12. fehlen vom Mercur und vom Modejournahl also

½ Jahr schicke sie mit Gelegenheit und wens dir gemächlich ist. Dencke im Mertz werde ich Urgroßmutter!! Da will ich Respeck von allen Menschen /: und zwar mit recht :/ fodern – Louise beklagt sich über deine Unoncklichkeit du hättest Ihr nicht geantwortet – Wir sind freylich so in alle 4 Winde zerstreut das es beynahe heißt – wer ist meine Schwester u.s.w. Dem allen ohngeachtet bin ich doch vors Zusammenhalten – den *so* kommen wir doch nicht wieder zusammen.

Gott! Segne dich im Neuen Jahr – Er laße Seine Lieb und Güt um – bey und mit dir gehn was aber ängstest und betrübt gantz ferne von dir stehn Amen.

Deine treue Mutter
Goethe.

N. S. Herr Stock danckt dir recht hertzlich vor den überschickten Willhelm. Er war sehr kranck und läßt sich deßwegen /: weil Er immer noch schwach ist :/ durch mich endschuldigen daß Er nicht selbst geschrieben habe.

Gestern wars du die Ursach eines sehr vergnügten Tages – die Elise Bethmann gab verschiedenen großen Musick Künstlern ein Dine nach Tische setzt sich der eine an's Forte piano und singt mit der herrlichsten Stime: kents du das Land wo die Citeronen blühn? das war etwas auserordtenliches – der Ausdruck dahin dahin hat bey mir ein Gefühl zurück gelaßen – das unbeschreiblich ist – die Sophie Bethmann soltet du diese Worte declamiren hören – ich versprach es dir zu schreiben – und in aller nahmen zu dancken – und thue es hiemit. Gott! Segne dich im Neuen Jahr Amen.

Catharina Elisabeth Goethe an August Goethe

den 15ten October 1796

Lieber Augst!

Das ist ja vortreflich daß du an die Großmutter so ein liebes gutes Briefelein geschrieben hast – nimmermehr hätte ich gedacht, daß du schon so geschickt wärest – wenn ich nur wüßte womit ich dir auf kommenden Christag eine kleine Freude machen könte – weißt du was? sage was du gerne haben mögstet deinem Vater – und der soll mir es schreiben – besinne dich, denn es hat noch Zeit – Zur Belohnung deines schönen Briefes, schicke ich dir hir etwas bon bon – Aber den Christag soll eine große große Schachtel voll ankommen – du mußt brav lernen und recht geschickt seyn – da wirst du bald groß werden – und dann bringt du mir die Journahle und Mercure selbst. Lebe wohl! Grüße Vater und Mutter

von
deiner dich hertzlich liebenden
Großmutter
Elisabetha Goethe.

Catharina Elisabeth Goethe an Johann Wolfgang Goethe

den 4ten December 1796.

Lieber Sohn!

Hir kommt ein gantz Musterhaftes stück Warndörfer Tuch vor den Lieben Augst zu Hembten – Gott laße Ihn dieselben gesund verwachsen und zerreißen – die Infanteri und Cavaleri nebst dem Zuckerwerck erscheint wie es Sitte ist in der Christ woche. Herr Schmidt läßt sich dir bestens empfehlen – du solst keine Sorge wegen des noch nicht angekommenden Kasten haben – er schaffte ihn gewiß herbey. Den ersten theil der Revolution in England von Albrecht habe durch deine Güte erhalten – wenn der 2 theil erscheint; so erbitte mir ihn ebenfals. Der 4te Band von Willhelm Meister wird mit einer Begirde nicht gelesen – sondern verschlungen – Willmer sagt: so hätte er in seinem Leben nichts geleßen, daß ihn so im innersten bewegt hätte – genung eins reißts dem andern aus der Hand – mich hat es auserordendtlich ergötzt – jetzt fange ich an es vom Anfang zu behertzigen – den den Faden kan man ohnmöglich im Gedächnüß behalten – alles freut sich auf die Fortsetzung. Von meinem Thun und Lassen ist übrigens nicht viel zu erzählen – als daß ich Gott sey danck wohl und vergnügt bin – Meine gute Freunde und Bekandte sind alle wieder hir – Sophie Bethmann ist nun in aller Form Frau von Schwartzkopf u.s.w. Ich bin Ihre ausgewählte Freundin – und die Vertraute vom gantzen Hauß – Eße oft in Gesellschaft von Mama la Roche daselbst – genung ich ammusire mich so gut es gehen will – die alte Montags Gesellschaft ist auch wieder im gang – ins Commedienspiel wird auch gegangen – zu Hauß bin ich sehr fleisig – stricke – Klöpple Spitzen – besorge meine kleine Geschäffte – Eße – trincke – Schlaffe – das ist so ohngefähr mein beynahe /: Schlaraffen :/ Leben, Lebe wohl! Grüße dein gantzes Hauß – und behalte Lieb

deine
treue Mutter
Goethe.

*

den 17ten Decemb 1796

Lieber Sohn!

Ich freue mich sehr daß der Kasten mit dem Geräthe und der rahren Decke endlich einmahl angekommen ist – auch hoffe ich daß das Stück Tuch zu Hembten vor den lieben Augst auch glücklich durch den Postwagen zu Euch gelangt ist. Hir kommt nun noch – Eine Arche Noa es ist zum bewundern was alles drinnen enthalten ist, ich glaubte dem Augst dadurch Spaß zu machen – Auch Invanteri und Cavalleri – ferner einen Conv:-thaler – von dem Kirchen und Bürger zur Brandschatzung bey getragenen Silber – Bitte mit dem allem vorliebt zu nehmen. Die Feyertage werde mir ein großes gaudium mit Willhelm Meister machen – und ihn vom Anfang leßen – indem mann ohnmöglich den Faden der Geschickte behalte kan den in einem ½ Jahr verwischt sich manches – jetzt habe aber alle 4 theile vor mir – das soll mir wohl behagen den der Gang der sonderbahren Geschichte hat meine Erwartung auf höchste gespant. Der 4te theil macht hir eine erstaunliche Wirckung – und mit Schmertzen wartet jedermann auf den 5ten theil – die Hollweg – Metzler – Willmer Thurneißen sind gantz bezaubert davon – besonders Willmer – dem hat die Marianne den Kopf so verrückt, daß Er beynahe einen dumenstreich gemacht hätte – wenn ich sogerne schriebe als ich plaudre; so würde dir die Sache erzählen, das ist mir aber zu weitläuftig genung Er glaubt sich in dem Fall des Willhelms zu befinden. Jetzt Lebewohl! Der Brief muß heute in die Confect Schachtel gepackt werden – den übermorgen geht der letzte Postwagen vor Christag ab – nun muß ich diesen Mittag selbst zum Contitor um das Zuckerwerck auszusuchen habe heute sonst noch allerley zu thun. Schlißlich, grüße alles in deinem Hauße

von
deiner treuen Mutter
Goethe.

*

Frankfurtt, den 4ten December 1797

Lieber Sohn!

Das erste ist, daß ich dir dancke daß du diesen Sommer etliche Wochen mir geschenckt hast – wo ich mich an deinem Umgang so herrlich geweidet – und an deinem so auserordentlichen guten an und Aussehen ergötzt habe! Ferner daß du mich deine Lieben hast kennen lernen worüber ich auch sehr vergnügt war, Gott erhalte Euch alle ebenso wie bißher – und Ihm soll dafor Lob und Danck gebracht werden Amen. Daß du auf der Rückreiße mich nicht wieder besucht hast that mir in einem Betracht leid – daß ich dich aber lieber den Frühling oder Sommer bey mir habe ist auch wahr – denn bey jemand anders als bey mir zu wohnen – das ertrüg ich nicht – und bey schöner Jahreszeit ist auch Raum genung vorhanden – mit entzücken erinnre ich mich wie wir so hübsch nahe beysammen waren – und unser Weßen so miteinander hatten – wenn du also wieder kommst wollen wirs eben wieder so treiben nicht wahr? Deine zurück gebliebene Sachen würden schon ihren Rückmarsch angetretten haben, wenn Ich nicht die Gelegenheit hätte benutzen wollen – ein Christkindlein zu gleich mitzuschicken – packe also den Kasten alleine aus damit weder Freundin noch Kind vor der Zeit nichts zu sehen bekommen den Confect schicke wie nathürlich erst in der Christwoche nach. Solte das was ich vor meine Liebe Tochter gewählt habe nicht gefallen – indem ich unsere Verabredung bey deinem Hirseyn gantz vergeßen habe; so schicke es nur wieder her und ich suche etwas anders aus – mir hat es sehr wohl behagt – aber daraus folgt nicht daß es derjenigen vor die es bestimmt ist auch gefallen muß – heute wird noch vor den lieben Augst allerley zusammen getribst – und ich hoffe, daß künftigen Freytag den 7 dieses die Raritäten auf den Postwagen gethan werden können – wenigstens will ich mein möglichstes thun [...]

Catharina Elisabeth Goethe an Christiane Vulpius

den 12ten Jenner 1798

Liebe Freundin!

Die 3 liebe Briefe so ich von Ihnen – meinem Sohn – und dem Lieben Augst erhilte haben mir einen recht sehr frohen Tag gemacht – besonders war es mir erfreulich, daß das Christkindlein wohl gefallen hat – es soll so was eine Überraschung seyn und da kommt die Sorge hintendrein, ob mann auch nach gusto die Sachen ausgesucht habe. Desto erfreulicher ists wenn mann Freude verbreitet hat. Wir leben hir in wunderlichen ereignüßen und Begebenheiten – der Friede sieht dem Krieg so ähnlich wie zwey Tropfen wasser nur daß kein Blut vergoßen wird – Maintz ist in Frantzöischen Händen so wie die gantze Gegend – was uns bevorsteht ist in Dunckelheit eingehüllet – gekocht wird etwas das ist gewiß – denn um nichts sitzt unsere Obrigkeit nicht biß Nachts 11 uhr im Rathhauß – ich begreife nicht was der Congreß in Rastadt eigendtlich vor Nutzen haben soll – da die Frantzosen die Macht in Händen haben – die dürfen ja nur befehlen – wer will es wehren – genung von der Sache – die Deuschen sind kein Volck keine Nation mehr und damit punctum.

So wiedersinnig es klingen mag so ist mein Trost daß meine Kinder nicht hir sind und ich das jenige was mir das liebste auf der Welt ist in Sicherheit weiß. Darinn liegt nun eben das wiedersinnige nicht – aber wohl darinn – daß die meisten Menschen gern im Unglück Gesellschaft haben und ich davon eine Ausnahme mache sind die meinigen wohl und zufrieden; so bin ich auch vergnügt – denn ich bin an dem allen nicht Schuld, und kan dem Rad des Schicksahls nicht in die Speichen fallen und es aufhalten. In meinem Goldenen Brunnen bin ich froh und vergnügt – und laße die Menschen um mich herum treiben was ihnen gut deucht. Daß mein Sohn Ihnen ein schönes Geschenck mit gebracht hat war recht und billig – Sie verdienen seine gantze

Zärtlichkeit und Liebe – auch ich freue mich Ihnen wieder zu sehn nur müßen die 7 Siegel gelößt und die Engel nicht mehr wehe posaunen – wer weiß geht noch alles beßer als wir jetzt dencken. Von unsern Winterlustbahrkeiten – ist vor mich nichts genüßbahr als das Schauspiel das wird den auch fleißig besucht wir haben auch wieder zwey neue Wesen vom Hamburger Theater bekommen Herrn und Madame Reinhard die ich heute zum erstenmahl beaugenscheinigen werde. Der Liebe Augst hat mir einen so schönen langen Brief geschrieben – daß es unverantwortlich wäre ihm nicht in einem gantz eigenen schreiben zu dancken – da der Brief aber auch heute noch fertig seyn muß; so müßen Sie meine Liebe mit vorstehnendem vorliebt nehmen. Behalten Sie mich auch im neuen Jahr in liebevollem Andencken – so wie ich biß der Vorhang fält seyn und bleiben werde

Ihre
treue Freundin u Mutter
Goethe.

N. S. Daß Sie meinen Lieben Sohn recht viele Grüße von mir überbringen sollen – versteht sich am Rande.

Catharina Elisabeth Goethe an Johann Wolfgang Goethe

den 17ten Decemb 1798

Lieber Sohn!

Heute ist der Christ Confect mit dem Postwagen an Euch abgegangen – das Kistgen das den 29ten November an dich abgegangen – wirst du richtig erhalten haben. Gott! Gebe dir und den Lieben die dir angehören fröhlige Feyertage und ein glückliches Neu Jahr. Merckwürdiges pasirt bey uns gar nichts – und andre Dinge verlohnen nicht der Mühe des Schreibens. Ich bin Gott Lob – gesund gehe meinen alten Schlenderian so fort – und das ist alles. Behalte mich lieb in gutem Andencken – Grüße meine Liebe Tochter und bitte Sie mit dem Christgeschenck vorlieb zu nehmen thue ein gleiches mit dem Lieben Augst Ich bin wie allezeit

Euer allen
treue Mutter Goethe.

*

den 2ten Decemb 1799

Lieber Sohn!

Dißmahl nur ein paar Worte den Heiligen Christ betrefendt. Meine Liebe Tochter muß wieder etwas von mir bekommen – aber es muß Ihr auch Freude machen – Sey demnach so gütig und schreibe mir /: aber ja gleich :/ was ich thun soll. Nun vor den Lieben Augst weiß ich auch nichts so was Ihn etwa freuen könte – ein Winter Kleidgen hat Er bekommen und da Er im Wachssen ist; so sind Kleidungsstücke im voraus nicht rathsam – Ich schicke hirbey ein Verzeichnüß von allerley villeicht findest du etwas darunter was dem Lieben Jungen Spaß machte – du dürftes in diesem Fall mir nur die No. anzeigen da könte ich in meinem Verzeichnüß nachsehen und die Sache überschicken –

Findest du aber nichts darinnen was dir behaget, nun so seye so gut und sage mir etwas anders – aber mit umlaufender Post sonst mögte alles zu spät ankommen. Jetzt kein Wort mehr – ich habe allerley zu treiben – Lebe wohl!

deine
treue Mutter
Goethe.

N. S. Vor die überschickte Bücher dancke – bald von allem ein mehreres – auch Augst soll ehestens meinen Danck vor seinen schönen langen Brief empfahen.

*

Frankfurt, den 8ten December 1800

Lieber Sohn!

Künftigen Freytag als den 12ten December schicke ich mit dem Postwagen ein ambalirtes Kistgen, es enthält das Christkindlein vor meine Liebe Tochter und den Lieben Augst – die Ursach warum ich dir dieses zum voraus melde – wirst du leicht einsehen – damit es vorher niemand zu sehen bekommt – und die Freude desto größer ist – den Confect schicke 8 Tage nachher, so gut und schön er zu haben ist – wünsche daß alles wohlbehalten anlangen, und Vergnügen erwecken möge.

Mann hat mir gesagt, daß herrliche Anstalten bey Euch gemacht werden um das neue Jahrhundert mit Freude und Würde zu empfangen, und zu begrüßen – Gott! Laße es Euch allen gesegnet seyn. […]

Christiane Vulpius an Johann Wolfgang Goethe

[Weimar,] den 16. December [1800], Abends 9 Uhr.
Heute, mein Lieber, ist das Kistchen von Frankfurt angekommen, ich habe mich sehr gefreut! Es waren 20 Ellen seidenes Zeug darin vor mich und auch ein Paar schöne Schuh und ein Paar seidene Strümpfe, schöne Spitzen und vor August sehr schönes Tuch 3 und ½ Elle und Knöpfe auch zu einer Weste. Die gute Mutter! es kostet ihr gewiß viel, denn es ist alles sehr schön. Aber auf die Redoute kann ich es nicht anziehen, es ist mehr zu einem Staatskleide, aber sehr schön. Wenn Du nur schon da wärest, daß ich es Dir alles zeigen könnte! Ich habe eine sehr große Freude darüber. Nun wünschte ich nur, der heilige Christ verlor in Jena 10 Ellen weißen Halb-Atlas, die Elle zu 12 Groschen, das wären 5 Thaler; das wäre dem heiligen Christ ein Leichtes. Oder nur 6 und ½ Elle Calico-Halb-Atlas, das wäre nur 2 Thaler 18 Groschen, die Elle zu 12 Groschen. Das müßte der heilige Christ aber bald verlieren; solltest Du ihm etwa unverhofft begegnen, so kannst Du mit ihm darüber sprechen. Du mußt aber ja nicht böse werden, daß ich Dich mit einem solchen Auftrage beschwere; ich werde auch nicht böse, wenn es mir abgeschlagen wird.

Wenn er nichts verliert, so ziehe ich mich wieder wie das vorige Mal an und bin auch zufrieden.

Auch hat Meyer, welcher noch lebendig ist, einen sehr langen Brief geschrieben.

Zur Feier des Jubiläums gehet ein Circular herum. Der Herr Professor hat sich heute auch aufgeschrieben, und sobald Du wiederkommst, so wird es auch zu Dir kommen. Für heute schlaf recht wohl. Morgen ein Mehres. Gute Nacht.

[17. December.] Ich schicke Dir hier die Quittung. Wenn ehr als den Sonnabend Gelegenheit herüber gehet, so schicke mir sie ehr. Ich glaubte, Du kämst den Freitag wieder. Ich will mein

Vierteljahr-Geld und nur die nöthigen Ausgaben davon nehmen.

Du mußt aber ja mit dem Theater den Mittewoch kommen, denn sonst könnte ich dem Gustel gar keinen Spaß machen, weil ich weiter nichts zu spielen habe. Den August soll ich entschuldigen, daß er nicht geschrieben hat; er ist zur Frau von Stein gegangen. Am Sonnabend sollst Du einen rechten großen Brief haben. Leb wohl und behalte uns recht lieb. Schreib doch der guten Mutter nur ein paar Worte, daß das Kistchen angekommen ist.

Catharina Elisabeth Goethe an Johann Wolfgang Goethe

den 2ten November 1801

Lieber Sohn!

Dein Lieber Augst hat mir am Ende seiner Reisebeschreibung von Cassel einen Fingerzeig gegeben – daß Ihm etwas sehr lieb und angenehm wäre nehmlich ein Carackter Anzug auf das Carneval – nun soll Er so was von mir zum Christgeschenck haben – seye demnach so gütig und schreibe mir /: und zwar bey Zeit :/ in welcher Tracht Er erscheinen soll – und was Ihm Freude machen mögte – Aber wißen muß ich wie viel Taffendt da zu gehört – obs einerley Farbe oder verschiedne sey[n] sollen – schreibe es deutlich – bestimmt und bald, damit Ihr es beyzeiten bekommt, und es Ihm verfertigen laßen könt – Die Castanien werden Jetzt bey Euch angelandet seyn? Vor die Bücher dancke auf beste – ich werde mich aufs beste damit ammusiren. Der Liebe Augst hat mir Eure gantze Reiße allerliebst beschrieben es hat mir große Freude gemacht, sage Ihm das! Nebst vielen hertzlichen grüßen! Lebe wohl! vergiß auch nicht, meine Liebe Tochter hertzlich zu grüßen – und Sie zu versichern, daß ich ewig bin Ihre – und Euer aller

treue
Mutter Goethe.

*

den kürtzen Tag 1801

Lieber Sohn!

Du hast mir eine große Freude mit dem merckwürdigen Jahr von Kotzebue gemacht es hat mir einige vergnügte Tage gewährt – meinen hertzlichen Danck dafür. Hir das bon bon vor den Lieben Augst – und pommerantzenschalen vor meine Liebe

Tochter – Glückliche Feyertage – den besten Seegen zum Neuen Jahr – Gesundheit an Leib und Seele – Glück – Heil und Wohlergehn dieses wünschet und erbittet von Gott! Vor Euch alle

Eure
Euch liebende Mutter
Goethe.

Catharina Elisabeth Goethe an August Goethe

Frankfurt, den 18ten Jenner 1802

[…]

Auch ein Wort mit dir Lieber Augst! Vor deinen schönen Neujahrwunsch, und eben so anschauliche Beschreibung – des Christkindleins Maskerade und deines Naturaliens Cabinet – du bist ja recht reich an prächtigen sachen und Seltenheiten! Dancke Gott! der dir so einen Rechschaffenen Vater gegeben hat – der dich zu allem schönen und gutem erzieht – O! wie viele Kinder sind minder glücklich! In wie manchem liegt der Keim zum schönen und guten wird aber leider unterdrück – Bitte Gott täglich daß Er dir deinen Lieben Vater und Mutter erhält, und sey ferner folgsam – so wirst du bey Gott Gnade haben, und die Menschen werden dich Lieben – Laße wie bißher zuweilen diejenige was von dir hören, die ewig ist

deine
dich Liebende Großmutter
Goethe.

Catharina Elisabeth Goethe an Christiane Vulpius

den 25ten December [November] 1802

Liebe Tochter!

Hir kommt das Verlangte – wünsche von Hertzen, daß es Ihnen Wohlgefallen möge – das Tuch wird dem Lieben Augst, und die Spitzen den neuen Weltbürger schön zu Gesichte stehn. Gott! Erfreue uns *alle* durch eine glückliche Niderkunft – wozu ich auch die beste Hoffnung habe. Was Sie mir von dem Wohlseyn meines Sohnes und demihrigen – auch Augsts schreiben hat mich sehr glücklich gemacht – Gott! Erhalte Sie sambt und sonders *Amen*. Ich befinde mich Gott! sey Danck recht wohl werde /: ohne daß ich begreifen kan wie es eigendtlich zugeht :/ von so vielen Menschen geliebt, geehrt – gesucht – das ich mir offte selbst ein Rätzel bin und nicht weiß was die Leute an mir haben – genung es ist so – und ich genüße diese Menschen güte mit Dancksagung gegen Gott – und bringe meine Tage vergnügt hin – Besonders liebe ich die Lesegesellschaft alle 14 Tage bey Schwartzkopf – Jungfrau von Orleang – Cancret – Mohomet – Maria Stuardt – waren schon an der reihe, das nächste mahl kommt Macbeth von Schiller – Mann glaubt sich immer im Theater denn es wird schön declamirt u.s.w. Das sind aber auch meine Neuigkeiten alle – Lebt wohl! und behaltet Lieb

Eure
treue Mutter Goethe.

Catharina Elisabeth Goethe an August Goethe

den 7ten Jenner 1803

Lieber Augst!

Es ist lange daß ich nicht an dich geschrieben habe – denn leider ist die Großmutter /: wie schon längst bekandt:/ auserordentlich dinten scheu – heute aber solst du trotz allem dem einen gantz marnirlichen und ordentlichen Brief von mir erhalten. Daß dir das Tuch zum Heiligen Christ bescherschel wohl gefallen hat freut mich sehr – auch alles was du mir von deiner Stube und übrigen Sachen schreibts – war mir sehr angenehm zu hören – Ja Lieber Augst – wenn ich Doctor Faust Mandel aufzufinden wüßte, da käme ich dich besuchen – Aber! Aber! die Großmutter ist so an ihre Häußliche Ordnung von langen Jahren her gewöhnt – daß ich glaube es mögte vor meine Gesundheit nicht zuträglich seyn – komme du nebst Vater und Mutter zu mir das ist beßer. a propo! du schreibst mir ja kein wort wie Sich Vater und Mutter befinden, es wird doch alles hübsch wohl auf seyn???

Lieber Augst! Jetzt habe ich eine Bitte an dich wollest du wohl so gut seyn, und mir die fehlenden Mercure und Modejournahle mit Gelegenheit über senden; so würdest du mich sehr verbinden Vom Mercur fehlt das 3te 5te – 11 und 12te Stück – von Modejournahle fehlt – das erste und letzte Stück. Grüße deine liebe Eltern

von Eurer treuen Mutter u Großmutter

Goethe.

Catharina Elisabeth Goethe an Johann Wolfgang Goethe

den 2ten December 1803

Lieber Sohn!

Dein Liebes schreiben vom 21 November hat mir viele Freude gemacht es herschte so ein froher Geist darinnen der mir wohl that – Jetzt vom Christkindlen! Künftigen Montag den 5ten December geht das päckgen mit dem Postwagen an Euch ab, ich hoffe Freude damit zu verbreiten – öff[n]e es allein damit der spaß dem Christag nicht entzogen wird – vor meinen Lieben Augst war die Sache etwas unbestimt angegeben – Blau Tuch aber nicht ob hell oder dunckel – da aber hir kein Mensch hell blau trägt; so kommt dunckel blau – ferner war nicht bestimmt zu was ob zum Kleid oder Überrock oder sonst was – ich nahm daher ein mitteltuch im Fall es nicht recht ist; so wasche ich meine Hände in Unschuld. Meine Liebe Tochter schriebe mir neulich Sie würde etwas Corpulent die Kleider würden zu enge – da hat nun das Christkindlen davor gesorgt und bringt zwey schöne neue Kleider das eine von Taffend die Farbe Egyptische Erde und einen Catun der sich vortreflich waschen läßt – und den Jedermann vor Seidenzeug ansieht – mit einem Wort schön schön – In das kommende päckgen habe auch auf dein Begehren einige Comedien Zettel beygelegt – künftig sollen sie alle Monathe ordentlich erscheinen. Ich hoffe daß das Theater Jetzt eine beßre Gestalt erhalten wird – da ein thätiger Mann an der Spitze steht – und der hoffendtlich der Sache gewachsen ist. Vor die überschickten Journahlen und Mercure dancke schön – besonders aber vor die zwey Taschenbüglein – die Natürliche Tochter und das andre da die mir so lieben Nahmen Wieland und Goethe beysammen stehn – Sage Schiller daß am Neuen Jahrtag seine Jungfrau von Orleang bey uns zum erstenmahl aufgeführt wird – der Erfolg soll von mir treulich berichtet werden. Die Castanien werdet Ihr erhalten haben – und damit Gott befohlen! Grüße an deine Lieben Hauß geister von

Eurer
treuen Mutter
Goethe.

Catharina Elisabeth Goethe an Christiane Vulpius

den 24ten Jenner 1804

Liebe Tochter!

Tausend Danck vor Ihren Lieben Brief, Sie haben sehr schön und klug gehandelt mir von der /: Gott Lob und Danck :/ wiederkehrenden Gesundheit meines Sohnes mich zu benachrichtigen, denn es gibt aller Orden Menschen die sehr gerne Unglück verbreiten – und es zum Schrecken noch vergrößern – also nochmahls meinen Besten Danck! Auch ich bin auf Ihre Liebe Zusage gantz beruhigt – doch erbitte mir bald die Fortdauer der mir so theuren Gesundheit zu berichten den des Menschen Hertz, ist wie längst bekandt, trotzig und verzagt – Es hat hir verlautet, daß Frau von Stael Sich sehr vergnügt in Weimar befindet – und daß diese Fürstliche Residents den Ruhm über alle Orde wo Sie bißher war den Preiß davon tragen – und durch Sie verewigt werden wird. Daß das Christkindlein von Ihnen und dem Lieben Augst beyfall erhalten hat, war mir sehr erfreulich – daß aber die Schurcken den Confect gefreßen haben hat mich geärgert – Erfahrung macht klug – auf einandermahl sollen die Gaudiebe es wohl bleiben laßen. Die Mode Journahle und Mercure erwarte mit Vergnügen. Die Comedien Zettel vom Jenner wird mein Sohn erhalten haben? Bald wird es in Weimar prächtig hergehn, wenn der Erbprintz mit Seiner Gemahlin seinen Einzug halten wird – auserdem hoffe ich, daß Sie Liebe Tochter die Carnewahl Zeit hübsch lustig zubringen werden die Nachricht davon wird mir ein Zeichen seyn, daß mein Lieber Sohn sich völlig wohl befindet – Dancken Sie in meinem Nahmen dem Lieben Augst vor seinen Lieben Brief – die Großmutter die ohnehin nicht gerne schreibt, kan es heute nun gantz und gar nicht – denn die Witterung ist wie im May – ich schreibe bey offenen Fenster und Thüren und diesen Nachmittag bleibe ich nicht zu Hauße – und doch muß dieser Brief heute auf die Post denn Morgen und übermorgen ist kein Posttag – und länger kan ich meinen Danck nicht aufschiben – Also nochmahls meinen wärmsten und hertzlichsten Danck! Grüße ohne Zahl an meinen Lieben Sohn – und eben so viele ditto an den Lieben Augst und an Ihnen ditto ditto von

Eurer allen
treuen
Mutter und Großmutter
Goethe.

Catharina Elisabeth Goethe an Johann Wolfgang Goethe

den 30ten November 1804

Lieber Sohn!

Dein Lieber Brief hat mir doppelte Freude gemacht – erstlich wegen des guten Inhalts – Eures allerseitigen wohlseyns und der geschwinden rückantwort wegen des Heiligen Christ, da denn jetzt alles mit Zeit und Muße auf das beste besorgt werden kan. Zweytens daß der gantze Brief von deiner eigenen Hand war daraus ich erfahre, daß du noch wie ehemahls so schön schreibst, daß es vor mich eine Lust war diesen Lieben Brief anzuschauen. Wenn du ein Exemplar von Cellini übrig hast; so schicke es mir – es soll mich sehr freuen.

[...] Das Christkindlein soll zu rechter Zeit erscheinen – den Confect sollen die Spitzbuben dißmahl ungefreßen laßen – die Schachtel wird Ambalirt – was mich am meisten geärgert hat waren die Pomerantzen Schaalen, die ich vor meine Liebe Tochter selbst ausgesucht hatte – und die der schwere wegen oben lagen – und also am ersten in ihre Diebsfinger fielen – aber wie gesagt – dißmahl solls anders werden. Lieber Sohn! Wenn also ein päckgen in Wachstuch eingenäth erscheint; so mache es allein auf – damit vorher die Herrlichkeit nicht eclat wird. Daß die Castanien Euch behagen freut mich, ja das wahr ein herrliches Jahr! Lebe wohl! Grüße deine Lieben hertzlich und freundlich von

Eurer allen
Mutter u großmutter
Goethe.

N. S. Zu befehlen habe ich weiter nichts, als wenn dir etwas gutes und schönes zu leßen vorkommt – an mich zu dencken – Den Neujahrs Tag wird Tell von Schiller bey uns aufgeführt. Da denckt Abens um 6 Uhr an mich – die Leute um und neben mir sollen sich nicht unterstehen die Naßen zu putzen – das mögen Sie zu Haußе thun.

*

den 10ten December 1804

Lieber Sohn!

Hir kommt der Heilige Christ wünsche daß alles nach gusto seyn möge – keine Mühe habe ich zwar nicht gespart um pünctlich nach der Vorschrift zu handlen – das weiße Seidenzeug habe weder bey Juden noch Christen von der Güte wie das Muster ist bekommen können – unter allen war beykommendes das beste meine Schuld ist es also nicht wenn es nicht gefallen solte. Bey kommender Catun hat mir wegen seiner Niedlichkeit sehr gefallen – und wird als Haußkleid meiner Lieben Tochter gar nicht übel stehen. Auch meinem Lieben Augst wird die Prachtweste wohl gefallen u.s.w. Hirbey kommen die Mercure von diesen Jahr zurück – Euch machts immer Mühe – und mir keine sonderliche ergötzlichkeit – wenn aber sonst etwas vor meinen Gelusten dir zu Handen komt; so gedencke meiner im besten. Neues pasirt gar nichts das dich ammusiren könte, als daß deine Büste im Lesekabinet aufgestelt ist – zu beyden Seiten Wieland und Herder – drey Nahmen die Täuschland immer mit Erfurcht nennen wird. Jetzt Lebe wohl! ich muß packen daß die Herrlichkeiten auf den Postwagen kommen! Kuß u Gruß an deine Lieben von

deiner
treuen Mutter
Goethe.

*

den 16ten December 1805

Lieber Sohn!

Hier die kleinen Christ geschencke gedencket meiner dabey und behaltet mich lieb. Ich habe so alles zusammen getromelt darum kommts 8 Tage ehnder als ichs versprochen hatte – der Confect kommt in der Christwoche – da ich von Augst vernommen habe, daß du die roth und weiße Quitten liebst; so habe sie vor dich aus gesucht – hoffe daß sie dir wohl schmecken und bekommen werden – auch Pomerantzen schalen bekommt meine Liebe Tochter – auch soll die Schachtel wohl /: wie vorm Jahr :/ eingenäht werden – damit die Leckermäuler nicht davon Naschen. Ich muß eilen – damit der Postwagen nicht versäumt werde. Liebet immer – Eure treue Mutter

Goethe

*

den 24ten November 1806

Lieber Sohn!

Das ist ja Vortrefflich, daß die Castanien endlich angelandet sind – doch bin ich nicht unzufrieden über die verzögernde Ankunft ich hätte villeicht diese mir so liebe Briefe nicht erhalten – also war auch dieses anscheinende Übel gut – in der Welt geht es offte in größern Dingen auf diese Weiße – der Postwagen findet übele Wege – endlich kommt er doch glücklich an Ort und Stelle u.s.w. Meiner hertzlich geliebten Tochter mögte ich nun gerne zum heiligen-Crist eine kleine Freude machen – da ich aber in der Entfernung Ihren Geschmack nicht wißen kan; so nehme meine Zuflucht zur dir – wenn Sie Sich in den viel jüngern Jahren, so gern hübsch anzieht – wie die Urgroßmutter noch in ihren alten Tagen; so hätte Lusten Kleidungs-Stücke zu übersenden – solte Ihr sowas behagen; so muß ich vor das erste wißen – die Gattung des Zeugs – seiden – Mouselin – Taffend u.d.g. Zum Zweiten das Ehlenmaß so viel habe von Augst geler[n]t, daß die Weimarer Ehle – bey uns ein ½ Stab ist – also nur nach nach der

Weimarer gefordert, da werde ich nun nicht mehr irre – doch ists nothwendig, daß der Schneider angibt /: weil die Breiten sehr verschieden sind :/ wie viel wenn der Zeug – 4 viertel – 5 – oder 6 vietel breit ist – nun das Hauptstück ist die Farbe – ein stückgen Band mitgeschickt ist das sicherste. Nun frage auch den Lieben Augst – was Ihm nöthig ist – und Freude macht – Ehlenmaß und Farbe muß Er auch bestimen – An Deutlichkeit fehlt es nun glaube ich meiner Erklärung nicht. Daß deine vor uns alle so theure Gesundheit bey diesen großen Unruhen – und erschrecklichem wirr warr sich gut gehalten hat – davor dancke ich täglich – *dem Gott der alle Wunder thut* und bin überzeugt *Er* erhält und stärckt dich – *Er* rüstet dich aus mit neuer Kraft – und führt *alles* herrlich hinaus. Nochmahls hertzlichen Danck vor die 4 lieben Briefe die ich in so kurtzer Zeit erhalten habe – und wovon 2 sogar von deiner eigenen Hand sind! Grüße meine Liebe Tochter – den Lieben Augst von

Eurer aller Euch
Liebenden Mutter
und Großmutter
Goethe.

Johanna Schopenhauer an Arthur Schopenhauer

Weimar, den 8. Dezember 1806 ... Vors erste schrieb ich Dir den Tag, wie ich bei der Frau v. Fritsch sein sollte, ich hoffte Wieland dort zu finden, er war nicht da, aber Goethe, er war wieder liebenswürdig, aber doch nicht so wie bei mir, zu mir hat er sich ganz gewöhnt, er kommt donnerstags und sonntags, als ob es so sein müßte; so lange Weimar steht, hat er das nirgends getan, des Abends sticht er eine kleine Handlaterne an und geht wohlgemut zu Hause, denke Dir Goethen mit der Handlaterne ...

Er wurde schon um sieben Uhr abgerufen und war ganz verdrießlich darüber. Die Frau des Marschall Lannes kommt hier durch und sollte bei ihm logieren. Weil sie schon viele Tage erwartet wurde und nicht kam, so meinte er, sie käme gar nicht, aß richtig zu Mittag eine kalte Gänseleberpastete, die für die Dame bereitet war, und kam den Abend zu mir. Nun kam die Dame, und die Pastete war verzehrt, und er war bei mir und mußte fort ...

Denke Dir eine lange Figur in völligem Hofkostüm, mit Haarbeutel, Degen, Chapeaubas, in tiefer Trauer um den Herzog von Braunschweig; denn er ist Oberhofmeister der verwitweten Herzogin. Ich wußte gar nicht, was ich daraus machen sollte. Zum Glück war schon meine alte Ludecus bei mir, die ihn kannte und mir vorstellte. Da freute ich mich denn wirklich über diese Bekanntschaft; er ist als Dichter auch wohl Dir bekannt und hat noch kürzlich den Terenz übersetzt, und zwar meisterhaft, wie ich höre. Er blieb nur bis um sechs, weil er die Herzogin nach Hofe begleiten muß, versprach aber recht bald wiederzukommen ... Ein anderer Kammerherr hat der Bardua eine schlagende Nachtigall, das Futter dazu für den Winter und einen Ring obendrein versprochen, wenn sie ihn bei mir einführen will. Aber dem wird's so gut nicht; er soll dumm und langweilig sein; der paßt für uns nicht.

Nun hättest Du ihn [Goethe] und seine Freunde über meine Kunst sehen sollen, wie er es gewahr wurde; er hatte mir eben ein Buquet von Runge mitgebracht, wogegen ich freilich zurückstehen mußte, aber meines war in der Art ein erster Versuch; denn die Blumen sind in Lebensgröße. Nun kamen verschiedene, die meine Arbeit für Runges Arbeit hielten, welche sie früher gesehen hatten; und Goethe rief dann ganz triumphierend, wenn sie lange bewundert hatten: »Nein, die Frau, die kleine Frau hat das gemacht! Solche Streiche macht sie! Sehen Sie einmal, sehen Sie einmal recht, wie hübsch das ist!« Er freute sich wie ein Kind zum Weihnachten drüber, es war Donnerstag. Den Abend ward nicht gelesen, aber viel Musik gemacht. Die übrigen gingen ans Klavier im Nebenzimmer, ich blieb allein bei Goethen an seinem Zeichentische; denn ich kann ihn nicht genug sehen und hören. Nun erzählte er mir von einem Ofenschirm, den ich so machen müßte, machte mir mit ein paar Strichen eine Zeichnung dazu und will mir auch beim Aufkleben helfen. Wer kann sich Goethen so denken? Hernach versammelten sich Meyer, Fernow und Schütze zu uns, wir machten einen kleinen Kreis; die Bardua kam dazu, mit welcher immer heillos umgegangen wird, und der Abend verging unter Scherzen und Lachen …

Catharina Elisabeth Goethe an Johann Wolfgang Goethe

den 12ten December 1806

Lieber Sohn!

Hir erscheint das Christkindlein – hoffe daß es Beyfall erhalten werde! Zwar habe ich einigen Zweifel – erstlich weil ich nicht unterrichtet war, welche Farbe meiner Lieben Tochter lieblings Farbe ist – denn jeder hat so seine Farben die er mag z. E. ich kan die Blaue Farbe seye sie dunckel oder hell nicht ausstehn – da ich nun über diesen Punct im duncklen war; so nahm ich im auswählen das alte Sprichwort in Obacht – was schmutzt, das putzt – daher wählte sowohl zum überrock als zum andern helle Farben – habe ichs getroffen; so ists mirs sehr lieb, wo nicht, so belehrt mich einandermahl eines beßern – vor Augst habe das dunckelte grün das in der gantzen Stadt zu haben war hirmit überschickt – wünsche das es auch das rechte seyn möge, so gantz wie das Muster war in allen Tuch laden keins. Der Confect kommt nach. Unser neuer Herr ist dir längst bekandt ein liebreicher Menschenfreund – Gott! Erhalte Ihn lange,

Einquartirung haben wir freilich noch – aber sehr wenig – wer über die See gefahren ist, fürchtet sich vor dem Main nicht u.s.w. Deinem Lieben Weibgen dancke vor den lieben Brief den Sie mir geschrieben hat – Ihr schönes – heroisches – haußhälterisches Betragen hat mein Hertz erfreut – Gott! Erhalte Ihren frohen Muth – Ein fröliges Hertz, ist ein täglich Wohlleben, sagt Sirach. Ein mehreres auf ein andermahl. Glückliche – vergnügte Feyertage – Ein gesegnetes Neues Jahr – bleibet mir so wie im alten – und ich bin

Eure
treue Mutter und
großmutter
Goethe.

Johanna Schopenhauer an Arthur Schopenhauer

Weimar, den 22. Dezember 1806 ... Vorige Woche brachte ich einen sehr angenehmen Abend bei der Herzogin zu, es war niemand dort als ich, die Hofdamen, Goethe, Wieland und Einsiedel. Goethe zeichnete wie immer, ich finde ihn aber nirgends heitrer und liebenswürdiger als bei mir. Auch mit Frau von Schiller bin ich näher bekannt geworden, sie ist sehr gebildet, wie Du leicht denken kannst, ihr Umgang ist mir sehr interessant, wir sprechen fast immer von Schillern, und sie erzählt mir tausend kleine Züge von ihm, die es machen, daß ich immer mehr bedaure, so spät hergekommen zu sein. Goethe ist noch immer jeden Gesellschaftsabend bei mir. Gestern war mein Zirkel klein, aber um so interessanter, obgleich gerade niemand etwas zum Vorlesen mitgebracht hatte. Ich schnitt wieder Blumen aus, und Goethe war gewaltig geschäftig, sie zu einem Ofenschirm zu ordnen, den er selber aufkleben will; dabei erzählte er Anekdoten aller Art ... Die Bardua malt jetzt Goethen; ich glaube fast, er würde mir auch sitzen, wenn ich ihn darum bitte; den Mut dazu hätte ich wohl, aber wenn's zur Ausführung käme und er mich dann so ernsthaft mit seinen durchdringenden Augen ansähe, dann wäre ich in Gefahr, davonlaufen zu müssen. Also laß ich es lieber; die Bardua wird mir aber das Bild, welches sehr ähnlich werden soll, kopieren ...

Die Italiener mit ihrer Verwunderung über den Schnee kann ich mir lebhaft denken, ich erzählte es neulich, und Goethe, Fernow und Meyer, die lange in Italien waren, amüsierten sich sehr darüber [...]

Catharina Elisabeth Goethe an Christiane Goethe*

den 21ten November 1807

Liebe Tochter!

Da die Christfeyertage heran nahen; so mögte gerne wißen mit was ich Euch meine Lieben eine kleine Freude machen könte – Augst soll dißmahl beßer bedint werden als vorm Jahr – mit Schrecken und Verdruß habe vernommen, daß das Tuch so Miserabel ausgefallen war, dem soll vorgebeugt werden – sachverständige sollen /: im fall es wieder etwas von Tuch seyn soll :/ es besorgen – bitte was der Liebe Augst auswählt – Ehlen maß und Farbe genau zu bestimmen. Vor Ihnen Liebe Tochter habe ich im Sinn ein Kleid das Sie zum Staate tragen könnten – nur ersuche Ihnen mir Ihre Lieblings Farbe anzugeben – wenn mann keine große Gaderobe hat; so bin ich sehr vor ein Kleid portirt das mann Winter und Sommer tragen kan – deß wegen habe ich Ihnen noch nie etwas von Attlas geschickt – sollten Sie aber belieben darann haben; so melden Sie es nur – Ich erwarte demnach über obiges bald eine bestimte Antwort. Lange – lange habe ich von Euch Ihr Lieben nichts gehört – ich hoffe daß das Sprichwort bey Euch eintrift was lang wäret wird gut. Die Castanien werden nun auch glücklich angekommen seyn? Ich habe einen Interssanten Besuch gehabt – Humpoldt der große Reißende war bey mir, und hat sehr beklagt daß Er Nachts um 1 Uhr durch Weimar pasirt ist, und demnach meinen Sohn nicht hat sähen können. Es ist jetzt still und ruhig bey uns, indem wir keine Franschöische Garnison hir haben – wenn die Durchmärsche

* Da Goethe seine langjährige Lebensgefährtin Christiane Vulpius am 19. Oktober 1806 heiratete, wird sie erst an dieser Stelle mit dem bürgerlichen Namen ihres Ehemannes aufgeführt. Johanna Schopenhauer schreibt hierzu am 24. Oktober 1806 an ihren Sohn Arthur Schopenhauer: »[…] ich empfing sie, als ob ich nicht wüßte, wer sie vorher gewesen ist, ich denke, wenn Goethe ihr seinen Namen gibt, können wir ihr wohl eine Tasse Tee geben.«

wieder angehn – wird es schon wieder unruhig werden. Alle Freunde Besonders die Stockische Familie grüßen Euch hertzlich – das thue auch ich – und bin wie immer

Eure
treue Mutter
Goethe.

*

ich habe das Datum auf die unrechte Seite geschrieben, der Tag ist bald zu Ende ich bleibe zu Hauß und dencke an das Rebhun – belieben weiter unten nachzusehn.

den 14ten November [December] 1807

Liebe Tochter!

Hier kommt das Christgeschenck – ich hoffe es wird Ihnen und Augst Wohlgefallen der Confect kommt wie allemahl nach – Die Familie Brentano sind /: biß auf die Betina die noch in Caßel ist :/ wieder hir – die können nun mit rühmen, lobpreißen – Dancksagungen nicht zu Ende kommen – So wie es Ihnen bey Euch ergangen ist; so ist nichts mehr – die Ehre die Ihnen wiederfahren – das Vergnügen so sie genoßen – Summa Sumarum solche vortrefliche Menschen so ein schönes Hauß; so eine Stiege; so ein Schauspiel – das alles ist nur bey Goethe anzutrefen – das ist alles nur Stückweise erzählt worden, den der Betina dürfen Sie nicht vorgreifen die will mir alles selbst erzählen – Ihr meine Lieben könt leicht dencken welchen Freudentag Sie mir dadurch gemacht haben – und welche Freude mir durch Betinens Erzählung bevorsteht – Auch vor dieße Freude dancke ich Euch von Hertzen. Vor 8 Tagen haben wir Rußen zur Einquartirung gehabt – lauter schöne höffliche – wohlgezogne Leute – ich hatte zwey junge überaus liebe Menschen – Sie wurden auch in der gantzen Stadt mit Liebe und Freundlichkeit aufgenomen und das mit Recht – denn nicht eine einzige Klage und waren doch

1800 und alle lieb und gut! Sagt doch das bey Gelegenheit Euerer Erpprinßes – die soll ja so Liebreich und vortreflich seyn – und auch die geringsten Ihres Volcks schätzen – Villeicht macht Ihr so ein Zeugnüß einer gantzen nicht gantz unbedeudenten Stadt einiges Wohlbehagen. Und nun kommt noch was das ist uns noch nicht pasirt – alle Einquartirungs Billiet sind mit dem Stempel worauf ein F. steht gestempelt und dabey wurde gesagt die Einquartirung würde bezahlt – so wenig es vor mein theil tragen mag – so nehme ichs, um mich rühmen zu können von dem Ruschischen Kaiser etwas erhalten zu haben, Verbürgen kan ich diese Sage nicht – allein die gestemmelten Billiet müßen doch etwas bedeuten – von mir solt Ihr es erfahren, denn es sollen noch mehre Rußen hieher kommen. Hir schneidts wie in Lappland meinetwegen mag es schneien oder haglen, ich habe zwey warme Stübger und ist mir gantz behaglich – bey so stürmischem Wetter bleibe ich zu Hauß, wer mich sehen und hören will muß mir eine Kusche schicken – und so gantz allein Abens zu Hauße ist mir eine große Glückseligkeit. Frau Aja! Frau Aja! Wenn du einmahl in Zug komst seys Schwatzen oder Schreiben; so gehts wie ein aufgezogner Bratenwender – Bratenwender? das Gleichnüß ist so übel nicht, man zieht ihn doch nicht auf wenn im Hauß entweder Fast Tag oder Armuth ist – sondern wenn was am Spiß steck das zum Nutzen und Frommen der Familie genoßen werden soll – Ich glaube also laße ihn noch laufen biß ich Euch von meiner Abend Glückseligkeit einen kleinen Begrief gemacht habe. Zu dem Heiligen Johannis kam einmahl ein Frembter der viel vom Johannis gehört hatte, Er stellte sich den Mann vor wie Er studirte unter Manusprickten saß verdieft in großen Betrachtungen u.s.w. Er besucht ihn, und zu seinem großen Erstauen spielt der große Mann mit einem Rebhun das ihm aus der Hand aß – und Tausend Spaß trieb Er mit dem zahmen Thirgen. Johannes sahe dem Frembden seine Verwunderung an thate aber als merckte Er nichts – im Diskurs sagte Johannes sie haben da einen Bogen laßen sie ihn den gantzen Tag gespant – behüte sagte der Frembte das thut kein Bogenschütz der Bogen erschlaft, mit der Menschlichen Seele ists eben so, abgespant muß sie werden, sonst erschlaft sie auch sagte Johannes. Nun bin ich freylich kein Johannes aber eine Seele habe ich die wenn sie mir gleich keine Offenbahrung dictir – doch den Tag über im kleinen sich anstrengt und gerechnet daß sie einen köprper 76 Jahr alt bewohnt absolut abgespant werden muß – davon ist die Rede nicht wenn ich unter guten Freunden bin, da lache ich die jüngsten aus – auch ist nicht Rede vom Schauspiel da villeicht keine 6 sind die das Lebendige Gefühl vor das schöne haben wie ich, und die sich so köstlich ammusiren. Die Rede ist wenn ich gantz allein zu Hauße bin, und jetzt schon um ½ 5 Uhr ein Licht habe – da wird das Rebhun geholt – da bin ich aber auch so erpicht drauf, daß keine Seele mehr zu mir darf. Geheimniß ist die Sache nicht den alle meine Freunde kennen das was ich Rebhun nenne – aber das würden sie nicht begreifen, daß eine Frau wie ich ihre Einsamen Stunden damit hinbringen könte – ihre Seelen die den gantzen Tag abgespant sind, das mann sehr an ihrer Unterhaltung merckt – haben demnach von abspannen keine Begrief. Wenn es also bey Euch 5 Uhr ist; so denckt an diejenige die ist u bleibt

Eure
treue Mutter
Goethe.

N. S. Die Liesel legt sich Euch allen zu Füßen, u bittet um beybehaltung Eurer Gnade

*

den 25ten December, als am
heiligen Christtag. [1807]

Liebe Tochter!

Es überschickt Demoiselle Meline Brentano inliegendes Käppgen nebst vielen hertzlichen Empfehlungen, Betina ist noch nicht hir sondern in Kassel – Das Christkindlein werdet

Ihr wohl empfangen haben auch den Confect? Auf Order der neuen Einrichtung der Postwägen kan man die Sachen nicht mehr gantz Franckirt nach Weimar schicken, sondern nur biß Hersfeld – dieses nur zur Nachricht damit Ihr nicht etwan dencken möget die Mutter wäre so munnsterhaft und ließe vor ihre kleine Geschencke das Porto bezahlen. Am kürtzen Tag habe ich wieder zwey Russen zur Einquartirung gehabt – liebe – gute Leute. Auf die Feyertage sind die neuen Wercke meines Sohnes alle aus geliehen – die guten Freunde glauben /: und zwar mit recht :/ daß sie sich die 3 Feyertage nicht beßer unterhalten könten – Seine Eugenie das ist ein Meister-Stück – aber die Großmutter hat auf neue die Lateinischen Lettern und den kleinen Druck zum Adrachmelech gewünscht, Er laße ja nichts mehr so in die Welt ausgehn – halte fest an deuschem Sinn – deuschen Buchstaben den wenn das Ding so fortgeht; so wird in 50 Jahren kein Deusch mehr weder geredet noch geschrieben – und du und Schiller Ihr seid hernach Classische Schrieftsteller – wie Horatz Lifius – Ovid u wie sie alle heißen, denn wo keine Sprache mehr ist, da ist auch kein Volck – was werden alsdann die Profesoren Euch zergliedern – auslegen – und der Jugend einpleuen – draum so lang es geht – deusch, deusch geredet – geschrieben und gedruckt. Jetzt Liebe Tochter! Leben Sie wohl! Die Kappe mus auf den Postwagen Grüßen Sie Ihren Lieben Mann, und sagen Augst auch die Großmutter freue sich aufs Wiedersehn nur viel Wein kriegt Er nicht – damit kein Böserhals mich ängstigt. Behaltet Lieb

Eure
treue Mutter u Großmutter
Goethe.

Johann Wolfgang Goethe an F. W. H. von Trebra

An v. Trebra.

[concept.]

Je unerwarteter mir das angenehme Geschenk von meinem verehrten Freunde gewesen, desto erfreulicher war es mir. Es kommt gerade zwischen Weihnachten und Neujahr, um seinen doppelten Glückwunsch gar anmuthig auszurichten. Diese uralten Denkmäler der Weltveränderung zu einem freundlichen täglichen Gebrauche zu benutzen ist ein Gedanke, des Mannes werth, der sein Leben zugebracht hat, die Naturschätze zum Besten und zur Freude der Menschen zu entdecken, an den Tag zu bringen und zu verarbeiten.

Hofrath Blumenbach, dessen Schreibezeug mit Zubehör aus lauter Naturseltenheiten zusammengesetzt ist, würde mich um dieses Lineal beneiden, wenn es ihm vor Augen kommen könnte. Ich danke dafür zum allerverbindlichsten; es soll sogleich in mein Reisebesteck aufgenommen werden und mich, wie ich hoffe, gelegentlich wieder nach Freyberg begleiten.

Daß es mir gelingen würde, durch die Schilderung meiner Knabenjahre mich meinem alten Freunde auf eine heitre Weise darzustellen, hatte ich, währender Arbeit, immer gehofft, und es freut mich gar sehr aus meinen stillen Zimmern zu meinen entfernten Lieben hinzureichen. Ich bin sowohl mit Erinnerung des Ganzen als mit Ausarbeitung des Einzelnen ziemlich vorgerückt; doch weiß ich noch nicht, wann die Fortsetzung wird erscheinen können. Ich wünschte nur, daß wir schon wieder in Ilmenau zusammenträfen: denn ich hoffe die Schilderung jener Zeit soll dir ein Lächeln abgewinnen. Diese Epoche möcht' ich wohl, statt Dichtung und Wahrheit, Scherz und Ernst überschreiben. Dein und der Deinigen Beyfall muntert mich kräftig auf, und ich wünsche nichts so sehr als bald wieder etwas erwachsener aufzuwarten.

Nun will ich, anstatt einer Gegengabe (denn mit Freunden muß man nicht immer gleich saldiren) noch eine Bitte hinzufügen, um meine Schuld eher zu vermehren als zu vermindern. In den langen Winterabenden habe ich eine Sammlung von Handschriften mehr oder weniger bedeutender älterer und neuerer Männer geordnet, und darüber ein Verzeichniß abgefaßt; es liegt hier bey, und gewiß bist du im Falle es um ein ansehnliches zu vermehren, da du mit den vorzüglichsten Männern deines Faches und deiner Zeit in Verhältniß gestanden. Ich bitte mir gelegentlich etwas auszusondern und mich damit zu erfreuen.

Solche Denkmale, da so vieles verloren geht, sind höchst erwünscht und auferbaulich, und geben zu mancher gesellschaftlichen Unterhaltung Anlaß, wodurch wir die gute Vergangenheit wieder hervorrufen. Jetzt lebe recht wohl, empfiehl mich den werthen Deinigen und habe tausend Dank für das holde Andenken!

Weimar den 27. December 1811.

Johann Wolfgang Goethe an Johann Jakob und Marianne v. Willemer

Gerade zu rechter Zeit und Stunde, eben als Kinder und Enckel zu den Zuckerbäumen eilten und den Grosvater sich selbst überliesen, trat das ersehnte Freundespaar auf, so zufrieden heiter blickend, daß man ihm das Gefühl ansah wie wohl es empfangen sey. Und so kann es denn selbst mitten im abschließenden Schnee nicht einsam werden und die rückkehrende Sonne begrüßt mich in der besten Gesellschaft. Reichliche Zuckergaben machen mich Kindern und Theefreunden interessant; und da Hudhuds Räthsel nicht unergründlich sind, so kann zum neuen Jahre nichts fehlen. Möge alles auch in der Nähe des Mayns zu bestem gereichen und gelingen!

W. d. 27. Dec. 1819. G.

Johann Wolfgang Goethe an Johann Jakob v. Willemer

Indem ich Sie freundlichst ersuche, das in der Beylage vorgelegte kleine Geschäft gefällig durch die Ihrigen besorgen zu lassen, so vermelde zugleich, daß die süße und würzhafte Sendung zum Weihnachten glücklich angekommen, woran sich Jung und Alt erlustigen, besonders wenn ich denen im Garten schlittenfahrenden Enkeln aus meinem Fenster dergleichen in den Schoß werfe.

Indeß ich nun ein ganz mönchisches Leben führe, dabey mancherlei schreiben und drucken lasse, was mich entfernten Freunden bald wieder näher bringen soll, so denke der Abwesenden unablässig und begrüße ihre Bildnisse. Da möcht ich denn nun auch erfahren, wie man das neue Jahr angetreten und womit man sich in den vorhergehenden Monaten beschäftigt. An ein solches Briefchen würden gewisse kleine Personen wohl einmal eine Stunde wenden und mir dadurch auf's frische einen guten Tag und Abend machen.

treulichst

Weimar den 17. Januar 1822. J. W. v. Goethe

Aus Johann Peter Eckermanns Gesprächen mit Goethe

Sonntag, den 21. Dezember 1823

Goethes gute Laune war heute wieder glänzend. Wir haben den kürzesten Tag erreicht, und die Hoffnung, jetzt mit jeder Woche die Tage wieder bedeutend zunehmen zu sehen, scheint auf seine Stimmung den günstigsten Einfluß auszuüben. »Heute feiern wir die Wiedergeburt der Sonne!« rief er mir froh entgegen, als ich diesen Vormittag bei ihm eintrat. Ich höre, daß er jedes Jahr die Wochen vor dem kürzesten Tage in deprimierter Stimmung zu verbringen und zu verseufzen pflegt.

Frau von Goethe trat herein, um ihren Schwiegerpapa zu benachrichtigen, daß sie nach Berlin zu reisen im Begriff sei, um dort mit ihrer nächstens zurückkommenden Mutter zusammen zu treffen.

Als Frau von Goethe gegangen war, scherzte Goethe mit mir über die lebendige Einbildungskraft, welche die Jugend charakterisiere. »Ich bin zu alt«, sagte er, »um ihr zu widersprechen und ihr begreiflich zu machen, daß die Freude, ihre Mutter dort oder hier zuerst wiederzusehen, ganz dieselbige sein würde. Diese Winterreise ist viel Mühe um nichts; aber ein solches Nichts ist der Jugend oft unendlich viel. – Und im ganzen genommen, was tut's! Man muß oft etwas Tolles unternehmen, um nur wieder eine Zeitlang leben zu können. In meiner Jugend habe ich es nicht besser gemacht, und doch bin ich noch ziemlich mit heiler Haut davongekommen.«

Marianne v. Willemer an Johann Wolfgang Goethe

Den 9. December 1824.

Diesen Zeilen folgt in kurzer Zeit eine Schachtel, die das Christkindchen den beiden Enkeln des liebenswürdigsten Großvaters sendet, und wie es sich denn gar kein Gewissen daraus macht, zu seinen Gaben die Erzeugnisse aller Nationen ohne Unterschied der Religion zu verwenden, so gab es dießmal einem rechten Moslem den Auftrag, für ein liebliches Kinderpaar eine Christbescheerung zu bereiten. Der gute Großvater wird gebeten, die 6 Ballen echt persischer Art bis zum entscheidenden Augenblick zu bewahren und sie dann den Kindern zu eignem Spiel oder als Gabe an kleine Freunde zu überlassen. Ich zweifle nicht, daß diese Ballen, das ehemalige Eigenthum eines Nachkommen des persischen Dichters, den Nachkommen des deutschen Dichters willkommen sind, und bewundere die sonderbaren Schicksalswege, wie zu gleicher Zeit ein Muselmann und das Christkindchen einem kleinen Großmütterchen den Auftrag geben, sie dem großen Großvater zu senden. Die angehefteten Sprüche in türkischer, arabischer und persischer Sprache sind leider auf der weiten Reise verloren worden, so auch ein Brief, welcher mit den Worten anfing: »Zuflucht der Welt!« und wahrscheinlich an Sie gerichtet war. Nicht wahr, solche Verbindungen nach Osten hätten Sie mir kaum zugetraut? Im Vertrauen: dieß alles ist die Folge meines wiewohl gottesfürchtigen und schuldlosen Bundes mit dem kleinen *Diable boiteux*. Seine letzten Berichte aus Weimar klangen wunderlich genug. Er sah von seinem Sitze auf dem Dache in ein Zimmer, in das man zu Zeiten recht gerne sehen möchte, und sah beym Scheine zweyer hohen Wachskerzen auf silbernen Leuchtern – oder er hörte vielmehr die lieblichsten Lieder, die geistreichsten Worte, und er, der niemals ruht, war wie gebannt auf seine Stelle, bis der Abend und mit ihm das Gespräch ein Ende hatten. Was er nun Geheimnißvolles erzählte von einem Kuß auf die Schwelle der Thüre und andern magischen Zeichen, die Geister binden und bannen, fand ich sehr natürlich, bat ihn aber inständig, nicht mehr zu erzählen, als ich wissen wollte und konnte.

Für den Werther danke ich herzlich, er wird mir immer werther; Gott erhalte mir die jugendliche Wärme des Herzens, diese Liebe und diese Leiden in jedem Alter mitzufühlen.

Lassen Sie bald etwas von sich hören und erlauben Sie mir, daß ich Sie wieder einmal meinen lieben theuren Freund nenne und mich ganz dem glücklichen Bewußtseyn überlasse, das diese usurpirte Erlaubniß mir gibt; lassen Sie mich bald hören, daß Sie unsrer gedenken, und in Liebe!

Erfreuen Sie sich der nahen festlichen Zeit im Kreise Ihrer Kinder, die ich schönstens zu grüßen bitte, und gedenken Sie meiner.

Marianne

Johann Wolfgang Goethe an Carl Friedrich von Reinhard

Die letzten Tage des Jahrs, wo wir des Sonnenlichtes so sehr entbehren, sind mir von jeher ungünstig und drückend; was mir deshalb in solchen Stunden Gutes, Liebes und Erfreuliches zukommt, gewinnt einen doppelt- und dreyfachen Werth, sowohl in dem Augenblick als in einer nachherigen Erinnerung.

Dieses ist gegenwärtig anzuwenden auf eine centnerschwere Kiste, welche, eröffnet, mir die crystallisirten Bergschätze des Nordens, erst zum Erstaunen, dann zur Belehrung vorlegte, durchaus bedeutende Stufen, die Einzelnheiten in mehreren ausgesuchten, sich einander aufklärenden Exemplaren, einige hundert an der Zahl! Ich sondere, vergleiche, ich ordne und überlege. So denn gehen, mit der angenehmsten Unterhaltung, die Tage und Abende hin, daß, ehe ich mich's versehe, die Sonne ihren Rückweg zu uns wieder muß angetreten haben.

Aus soviel gehäuften Motiven werden Sie, mein Verehrtester, den Dank ermessen, zu welchem in dem Augenblick nicht genugsame Worte zu finden wären, da eine so bedeutende Vermehrung meines Kabinetts, wodurch eine bisher unangenehm empfundene Lücke reichlich erfüllt und ausgeglichen wird, mir, meinem Sohn, allen Freunden und Beschauern immerfort zu lebendigem Antheil und Anregung gedeihen wird. Schon diese Tage her wurden daran die bedeutendsten Forschungen mit Herrn Soret, einem vollendeten Crystallographen, angeknüpft, wobey sich gar wohl bemerken ließ: daß von hier aus eine gränzenlose Reihe von Untersuchungen, Kenntnissen und Bestimmungen sich entwickeln müsse. Nehmen Sie daher die allerlebhafteste treuste Anerkennung.

unwandelbar

Weimar den 21. December 1828. J. W. v. Goethe.

Johann Wolfgang Goethe an Eugen Napoleon Neureuther

Es ist wohl eine eigne Aufgabe: in dem Augenblick da sich der Enkel seiner Weihnachtsgeschenke erfreut, dem Großvater ein ähnliches Vergnügen zu verschaffen. Sie aber, mein Theuerster, haben sie vollkommen gelöst, und es hätte mir nichts Angenehmeres zum heiligen Christ gebracht werden können als Ihre beiden Hefte.

Ich wünsche über die neue Kunstart, die Sie so geistreich entschieden behandeln, ein fortschreitendes Gedicht nämlich mit einem bewegten Bilde, als mit einer Melodie, zu begleiten, das Weitere zu sagen und besonders auszusprechen wie vollkommen sie Ihnen gelungen sey.

Gegenwärtiges aber soll Sie auch noch vor den eigentlichen Feyertagen schönstens begrüßen und Sie versichern daß ich, mit den Weimarischen Kunstfreunden, Ihre Arbeiten mit innigem Vergnügen, das sich bis zur Bewunderung erhebt, wiederholt anschaue.

Möge Ihnen alles nach Wunsch gelingen.

Aufrichtig theilnehmend
ergebenst

Weimar den 12. December 1829, J. W. v. Goethe.

Johann Wolfgang Goethe an Johann Jakob und Marianne v. Willemer

Gefällig zu gedenken.

Auf dem Frankfurter Weihnachtsmarkt werden gewiß solche Kästchen zu haben sein, worin mancherlei Gerätschaften zu Taschenspieler-Künsten mit Anweisung zum Gebrauch beisammen sind. Nun wünschte ein solches, und zwar wie es einem Anfänger, einem Knaben von 12 Jahren genügen könnte, wohlgepackt, baldigst durch die fahrende Post, mit beigelegter, alsogleich zu bezahlender Rechnung zu erhalten.

Weimar den 2. November 1830. J. W. v. Goethe.

Aus Beigehendem, teuerste Freunde, ersehen Sie, daß uns nichts anders übrigbleibt als nach Meiden, Scheiden, Leiden, wieder an Freuden zu denken, wenn auch nicht für uns, doch für andere.

Hier ist es nun zu tun, das Weihnachtsfest den Enkeln, nach ihrem Sinne, möglichst auszuschmücken, welche, so froh, als lange nichts hinter ihnen, dieser so ersehnten Epoche lernend, musizierend, spielend entgegenleben.

Zu Beruhigung der geliebten Freunde darf ich vermelden: daß, verhältnismäßig zu der Lage, ich mich nicht besser befinden könnte.

Nochmals für alles freundlich Gesendete dankend, zeige an: daß die zugesagten Festbilder nächstens ankommen werden. Eingepackt in die Teppichmuster, welche ich dankbar, ohne weitere Bestellung, zurücksende. Das grüne würde ich gewählt haben, wenn es zeit wäre das Haus zu schmücken.

Und so fortan!
treu angehörig

Weimar den 2. Dezember 1830. J. W. v. Goethe.

»Geplündert den Baum«

Eva, verziehen sei dir, es haben ja Söhne der Weisheit
Rein geplündert den Baum, welchen der Vater gepflanzt.

Der slavische Dichter Jan Kollár erzählt in den Denkwürdigkeiten aus seinen jüngeren Lebensjahren, dass bei einer Weihnachtsfeier im Hause von Professor Lorsbach in Jena, der auch Goethe beiwohnte, zwei Spassvögel den eben aufgeputzten Weihnachtsbaum der Äpfel und Nüsse beraubten, während Goethe mit der übrigen Gesellschaft im Nebenzimmer conversirte. Als dann die Thüren geöffnet wurden und die ganze Gesellschaft in Schrecken und Verwunderung vor dem nackten Baume stand, habe Goethe obige Verse improvisirt. (Zuerst mitgetheilt von Biedermann, Goethes Gespräche 8, 339 dann von M. Murko, Deutsche Einflüsse auf die Anfänge der böhmischen Romantik, Graz 1897, S 318.) Kollár war 1817–1819 in Jena (Murko a.a.O. S 193). Da Lorsbach 1816 starb, kann Kollár diese Scene nur vom Hörensagen kennen. In der Zeit von Lorsbachs Aufenthalt in Jena (1812–1816) verbrachte Goethe keinen Weihnachtsabend daselbst; 1814 war er vor Weihnachten einige Zeit dort und besuchte am 20. December Lorsbach. Es handelt sich demnach offenbar um eine nicht ganz sicher verbürgte Anecdote.

Quellenverzeichnis

1. Verwendete Ausgaben

Goethes Werke, herausgegeben im Auftrage der Großherzogin Sophie von Sachsen (Sophien-Ausgabe), 143 Bde., Weimar 1887–1919 [WA].

Goethes Briefwechsel mit Marianne von Willemer, hrsg. von Max Hecker, Leipzig 1915.

Goethes Ehe in Briefen, hrsg. von Hans Gerhard Gräf, Frankfurt am Main, 1922.

Johann Peter Eckermann, *Gespräche mit Goethe in den letzten Jahren seines Lebens*, 24. Band der *Gedenkausgabe der Werke, Briefe und Gespräche*, Zürich 1948 [*Gespräche mit Eckermann*].

Goethe. Gesamtausgabe der Werke und Schriften in zweiundzwanzig Bänden. Tagebücher, 3 Bde., herausgegeben von Gerhart Baumann, Stuttgart 1956–1958 [*Tagebücher*].

Johann Caspar Goethe / Cornelia Goethe / Catharina Elisabeth Goethe: *Briefe aus dem Elternhaus*, herausgegeben von Ernst Beutler, Zürich 1960 [*Briefe aus dem Elternhaus*].

Goethe. Poetische Werke (Berliner Ausgabe), 16 Bde. Berlin 1960ff. [BA].

Goethes Briefe (Hamburger Ausgabe), textkritisch durchgesehen und mit Anmerkungen versehen von Karl Robert Mandelkow, 4 Bde., Hamburg 1964–67 [HA *Briefe*].

Goethes Gespräche. Eine Sammlung zeitgenössischer Berichte aus seinem Umgang auf Grund der Ausgabe und des Nachlasses von Flodoard Freiherrn von Biedermann ergänzt und herausgegeben von Wolfgang Herwig, Zürich 1965–1972 [*Gespräche*].

Goethes Werke (Hamburger Ausgabe), textkritisch kommentiert und durchgesehen von Heinrich Trunz, 14 Bde., München 1976–1978 [HA].

Johanna Schopenhauer, *Ihr glücklichen Augen. Jugenderinnerungen–Tagebücher–Briefe*, herausgegeben von Rolf Weber, Berlin 1978 [*J. Schopenhauer. Jugenderinnerungen–Tagebücher–Briefe*].

Briefe an Goethe (Hamburger Ausgabe in zwei Bänden), herausgegeben, textkritisch durchgesehen und mit Anmerkungen versehen von Karl Robert Mandelkow, München 1982 [*Briefe an Goethe*].

Johann Wolfgang Goethe, *Die Leiden des jungen Werthers* (in der Fassung von 1774), Frankfurt am Main 2008.

2. Einzelne Nachweise

[Motto:] *Goethes Briefwechsel mit Marianne von Willemer*, S. 259.

Gedichte zur Weihnachtszeit

Weihnachten: HA, Bd. 1, S. 339.
Christgeschenk: HA, Bd. 1, S. 300.
»Gegen soviel schöne Dinge …«: WA, I.5.2, S. 362.
An Frau von Stein zu ihrem Geburtstag am 25. Dezember 1815: HA, Bd. 1, S. 346.
Epiphanias: HA, Bd. 1, S. 112.
Catharina Elisabeth Goethe an Luise von Göchhausen: *Briefe aus dem Elternhaus*, S. 508f.

Das Puppentheater

Das Vermächtnis der Großmutter (aus: *Dichtung und Wahrheit*): HA, Bd. 9, S. 15 u. 48f.
»Voller Hoffnungen, Drang und Ahndung« (aus: *Wilhelm Meisters theatralische Sendung*): HA Bd. 8, S. 487–491.
»Schelten Sie das Puppenspiel nicht« (aus: *Wilhelm Meisters Lehrjahre*): HA Bd. 7, S. 11–14.

»Puppenspiele kutterbunt« – Catharina Elisabeth Goethe an Luise von Göchhausen: *Briefe aus dem Elternhaus*, S. 435.
Ein Gaudium für Mutter Aja – Catharina Elisabeth Goethe an Johann Wolfgang Goethe: *Briefe aus dem Elternhaus*, S. 676.
Weihnachtspuppen und Gespenster – Johanna Schopenhauer an Arthur Schopenhauer: *Gespräche*, Bd. 2, S. 175f.

Werthers Weihnacht

Die Leiden des jungen Werthers: a.a.O., S. 99–105 u. 112–122.

Winterfreuden

»So fuhr ich sorglos auf und ab« (aus: *Dichtung und Wahrheit*): HA, Bd. 10, S. 84f.
»Ein Göttersohn auf dem Eiß« – Bettine Brentano an Johann Wolfgang Goethe: *Briefe an Goethe*, Bd. 2, S. 74.
Harzreise im Winter: HA, Bd. 1, S. 50–52.
Winter: BA, Bd. 1, S. 267–269.
Christiane Vulpius an Johann Wolfgang Goethe: *Goethes Ehe in Briefen*, S. 161–163 u. S. 163f.

Weihnachten in Italien

»Man merkt den Winter nicht« (aus: *Italienische Reise*): HA, Bd. 11, S. 149f.
Christnacht in Rom (aus: *Italienische Reise*): HA, Bd. 11, S. 156.
»Fast über den Papst gefallen« (aus: *Italienische Reise*): HA *Briefe*, Bd. 2, S. 37f.
»Eine der bedeutendsten Unterhaltungen hoher und reicher Familien« (aus: *Italienische Reise*): HA, Bd. 11, S. 331f.

»Die Weihnachtsfeiertage, als Schmausfeste berühmt« (aus: *Italienische Reise*): HA Bd. 11, S. 340f.
»Unter Donner und Blitzen geboren« (aus: *Italienische Reise*): HA, Bd. 11, S. 446f.

Die Heilige Familie

Die Flucht nach Ägypten: HA, Bd. 8, S. 7–11.
Wilhelm an Natalien: HA, Bd. 8, S. 11–13.
Sankt Joseph der Zweite: HA, Bd. 8, S. 13–20.
Die Heimsuchung: HA, Bd. 8, S. 20–25.
Der Lilienstengel: HA, Bd. 8, S. 25–28.

Fest und Alltag – Aus den Tagebüchern

Dezember 1820: *Tagebücher*, Bd. 2, S. 757f.
Dezember 1821: *Tagebücher*, Bd. 2, S. 868.
Dezember 1822: *Tagebücher*, Bd. 2, S. 958–962.
Dezember 1824: *Tagebücher*, Bd. 3, S. 119f.
Dezember 1828: *Tagebücher*, Bd. 3, S. 593f.
Dezember 1829: *Tagebücher*, Bd. 3, S. 720 u. 722.
Dezember 1830 / Januar 1831: *Tagebücher*, Bd. 3, S. 857–859 u. 886.
Dezember 1831: *Tagebücher*, Bd. 3, S. 1013.

Ein unerwünschter Weihnachtsbesuch

»Wir würden nicht so leicht damit fertig werden« – Friedrich Schiller an Johann Wolfgang Goethe: *Briefe an Goethe*, Bd. 1, S. 396.
»Niemandem fällt bei dieser Gelegenheit der Taucher wohl ein als mir«: HA *Briefe*, Bd. 2, S. 460f.
»Schone Dich ja in dieser Zeit« – Christiane Vulpius an Johann Wolfgang Goethe: *Goethes Ehe in Briefen*, S. 261f.

»Ohne Bitte um Verzeihung wegen meiner Unarten«: HA *Briefe*, S. 462f.
»Über vierzig Jahre alt« – Karl August Böttiger über Madame de Staëls Besuch in Weimar: Gespräche, S. 901f.
»Als wenn ich einen Mühlstein am Hals hangen hätte« – Catharina Elisabeth Goethe an Johann Wolfgang Goethe: *Briefe aus dem Elternhaus*, S. 811f.

Briefe, Späße und Geschenke

Naschhaftes Windspiel und Frankfurter Strubbelpeter – Aus dem Nachlass von Friedrich Förster: Gespräche, Bd. 1, S. 32–34.
Johann Wolfgang Goethe an Johann Christian Kestner: WA IV, 2, S. 47 (Dezember 1772); HA *Briefe*, Bd. 1, S. 138–140 (25. Dezember 1772).
Catharina Elisabeth Goethe an Herzogin Anna Amalia: *Briefe aus dem Elternhaus*, S. 432f. (30. November 1778); S. 433f. (4. Januar 1779).
Catharina Elisabeth Goethe an Johann Wolfgang Goethe: *Briefe aus dem Elternhaus*, S. 627 (19. Dezember 1792); *Briefe an Goethe*, Bd. 1, S. 146f. (23. Dezember 1793); *Briefe aus dem Elternhaus*, S. 673f. (17. November 1794); *Briefe an Goethe*, Bd. 1, S. 174f. (8. Dezember 1794); *Briefe aus dem Elternhaus*, S. 692f. (Mitte Dezember 1795).
Catharina Elisabeth Goethe an August Goethe: *Briefe aus dem Elternhaus*, S. 713 (15. Oktober 1796).
Catharina Elisabeth Goethe an Johann Wolfgang Goethe: *Briefe aus dem Elternhaus*, S. 715f. (4. Dezember 1796); S. 716f. (17. Dezember 1796); *Briefe an Goethe*, Bd. 1, S. 292f. (4. Dezember 1797).
Catharina Elisabeth Goethe an Christiane Vulpius: *Briefe aus dem Elternhaus*, S. 735–737 (12. Januar 1798).
Catharina Elisabeth Goethe an Johann Wolfgang Goethe: *Briefe aus dem Elternhaus*, S. 752 (17. Dezember 1798); S. 761 (2. Dezember 1799); *Briefe an Goethe*, Bd. 1, S. 354f. (8. Dezember 1800).

Christiane Vulpius an Johann Wolfgang Goethe: *Goethes Ehe in Briefen*, S. 192–194 (16./17. Dezember 1800).

Catharina Elisabeth Goethe an Johann Wolfgang Goethe: *Briefe aus dem Elternhaus*, S. 788 (2. November 1801); S. 789 (21. Dezember 1801).

Catharina Elisabeth Goethe an August Goethe: *Briefe an Goethe*, Bd. 1, S. 370 (18. Januar 1802).

Catharina Elisabeth Goethe an Christiane Vulpius: *Briefe aus dem Elternhaus*, S. 799 (25. November 1802).

Catharina Elisabeth Goethe an August Goethe: *Briefe aus dem Elternhaus*, S. 801f. (7. Januar 1803).

Catharina Elisabeth Goethe an Johann Wolfgang Goethe: *Briefe aus dem Elternhaus*, S. 810f. (2. Dezember 1803).

Catharina Elisabeth Goethe an Christiane Vulpius: *Briefe aus dem Elternhaus*, S. 812f. (24. Januar 1804).

Catharina Elisabeth Goethe an Johann Wolfgang Goethe: *Briefe aus dem Elternhaus*, S. 823f. (30. November 1804); S. 825. (10. Dezember 1804); S. 837f. (16. Dezember 1805); S. 847f. (24. November 1806).

Johanna Schopenhauer an Arthur Schopenhauer: *J. Schopenhauer. Jugenderinnerungen-Tagebücher-Briefe*, S. 353–355 (8. Dezember 1806).

Catharina Elisabeth Goethe an Johann Wolfgang Goethe: *Briefe aus dem Elternhaus*, S. 848f. (12. Dezember 1806).

Johanna Schopenhauer an Arthur Schopenhauer: *J. Schopenhauer. Jugenderinnerungen–Tagebücher–Briefe*, S. 355f. (22. Dezember 1806).

Catharina Elisabeth Goethe an Johann Wolfgang Goethe: *Briefe aus dem Elternhaus*, S. 870 (21. November 1807).

Catharina Elisabeth Goethe an Christiane Goethe: *Briefe aus dem Elternhaus*, S. 871–873 (14. Dezember 1807); S. 873f. (25. Dezember 1807).

Johann Wolfgang Goethe an F.W.H. von Trebra: WA IV, 22, S. 223–225 (27. Dezember 1811).

Johann Wolfgang Goethe an Johann Jakob und Marianne v. Willemer: *Goethes Briefwechsel mit Marianne von Willemer*, S. 62f. (27. Dezember 1819).

Johann Wolfgang Goethe an Johann Jakob v. Willemer: *Goethes Briefwechsel mit Marianne von Willemer*, S. 90f. (17. Januar 1822).

Aus Johann Peter Eckermanns Gesprächen mit Goethe: *Gespräche mit Eckermann*, 536f. (21. Dezember 1823).

Marianne v. Willemer an Johann Wolfgang Goethe: *Goethes Briefwechsel mit Marianne von Willemer*, S. 133f. (9. Dezember 1824).

Johann Wolfgang Goethe an Carl Friedrich von Reinhard: WA IV, 45, S. 88–90 (21. Dezember 1828).

Johann Wolfgang Goethe an Eugen Napoleon Neureuther: WA IV, 46, S. 210f. (12. Dezember 1829).

Johann Wolfgang Goethe an Johann Jakob und Marianne v. Willemer: HA *Briefe*, Bd. 4, S. 411 (2. Dezember 1830).

»Geplündert den Baum«: WA I, 5.2, S. 363.

Johann Wolfgang Goethe

Die Leiden des jungen Werthers

In der Fassung von 1774

Band 90013

Mitternacht. Ein Schuss fällt. Bis zu diesem Höhepunkt drängt das Drama der Liebe: Der junge Werther trifft die Frau seines Lebens. Und ihren zukünftigen Ehemann. Wider alle Vernunft stürzt sich der empfindsame Werther in seine Gefühle. Doch Lotte entscheidet sich gegen den Kult des Gefühls und für die gesellschaftlichen Pflichten. Goethes Roman begeisterte sein Publikum und avancierte zu einem Bestseller in ganz Europa. Werthers intensive Leidenschaft wurde Vorbild und Maßstab aller Verliebten.

Fischer Taschenbuch Verlag

fi 90013 / 1

Johann Wolfgang Goethe

Italienische Reise

Band 90147

»Italiener sein, verflucht! / Ich hab' es oft und oft versucht / – es geht nicht.« Unsere ewige Italien-Sehnsucht, die der Dichter Robert Gernhardt in diesen Versen aufs Korn nimmt, fing nicht erst mit der »Toskana-Fraktion« an. Schon Johann Wolfgang Goethe trieb die Sehnsucht nach Freiheit und blühenden Zitronen aus Deutschland hinaus über die Alpen. Seine ›Italienische Reise‹ markiert nichts Geringeres als den Beginn der Weimarer Klassik und ist längst ein Klassiker der Reiseliteratur.

Fischer Taschenbuch Verlag

fi 90147 / 1

Johann Wolfgang Goethe

Götz von Berlichingen

Iphigenie auf Tauris

Band 90075

Iphigenie hat es in die Fremde verschlagen, doch das Heimweh nach Griechenland verhindert ihre Integration. Die Avancen des Königs Thoas, der viele Traditionen für sie auf den Kopf gestellt hat, weist sie zurück, weil sie von den rauen Landessitten nichts hält und von der Überlegenheit ihrer Kultur überzeugt ist. Ist Goethes ›Iphigenie‹ – als Hymne der Menschlichkeit gefeiert und auf deutschen Bühnen vielfach inszeniert – ein Plädoyer für Kommunikation und Verständigung? Wie erklären sich dann aber Iphigenies dreisten Ansprüche und ihre Arroganz?

Fischer Taschenbuch Verlag

fi 90075 / 1

Johann Wolfgang Goethe
Faust I
Band 90045

Ob in Hollywood oder auf der Bühne – der Faust-Stoff, diese jahrhundertealte Geschichte vom Pakt mit dem Teufel, um Reichtum, Ruhm und Erkenntnis zu erlangen, vermag immer wieder neu zu faszinieren. Vor allem Goethes großes Faust-Drama aus dem Jahr 1808 hat zweihundert Jahre nach dem Erstdruck nichts von seiner Kraft und Aktualität verloren. Denn Faust ist nicht nur der unnahbare Gelehrte, der wissen will, was die Welt im Innersten zusammenhält; Faust – das sind wir alle mit unserem Verlangen nach Glück und Erfüllung, das uns so ruhelos und verführbar macht.

Fischer Taschenbuch Verlag

fi 90045 / 1

Johann Wolfgang Goethe
Die Wahlverwandtschaften
Band 90061

Vielfach verfilmt und immer wieder literarisch variiert, zählen die ›Wahlverwandtschaften‹ zu einem der einflussreichsten und bewundertsten Romane der deutschen Literatur. Wie sich das Begehren mit der Ehe verträgt und ob man der Langeweile zu zweit entkommen kann – auch nach zweihundert Jahren stehen die Antworten auf Goethes radikale Fragen immer noch aus.

Fischer Taschenbuch Verlag

fi 90061 / 2

Johann Wolfgang Goethe
Wilhelm Meisters Lehrjahre
Band 90093

Aus der Enge des Elternhauses ausbrechen, so beginnt Wilhelm Meisters Selbstfindungstrip. Die schillernde Welt des Theaters scheint ideal, aber die Freiheit des Schauspielers wird von Geldnöten bezwungen. Ein Geheimbund verheißt Einsichten, doch auch hier ist Wilhelm Meister von fremden Ansprüchen beengt. Goethes weltberühmter Bildungsroman par excellence macht unmissverständlich deutlich, wie wir von allem und jedem beeinflusst sind. So leicht ist es nicht, man selbst zu werden …

Fischer Taschenbuch Verlag

fi 90093 / 1